학교 서바이벌 키트

책담 청소년 문학

학교 서바이벌 키트

Ik ben Vincent en ik ben niet bang © 2017 by Enne Koens
Originally published by Uitgeverij Luitingh-Sijthoff B.V., Amsterdam
Korean Translation Copyright ⓒ 2021 by Hansol Soobook Publishing Co.
All rights reserved.
The Korean language edition published by arrangement with
Julius Beltz GmbH&Co. KG through MOMO Agency, Seoul.

학교 서바이벌 키트

엔네 코엔스 글 | 마르티예 쿠이퍼 그림 | 고영아 옮김

|||책담

깜깜했다! 너무 어두워서 눈앞에 손을 갖다 대도 보이지 않을 정도였다. 나는 숲속 한가운데 어딘가 바닥에 앉아 있었다. 엉덩이에 차가운 조약돌이 느껴졌다.

숲은 온갖 소리들로 가득했다. 아주 가까운 곳에서 물이 졸졸졸 흐르는 소리가 났다. 나뭇잎이 버석거리는 소리도, 나뭇가지가 딱 하고 부러지는 소리도 들렸다. 아주 멀리서 나무 꼭대기를 스치며 불어오는 바람 소리도 들렸다. 바람은 내 쪽으로 가까이 다가오면서 점점 더 큰 소리를 내더니 어딘가에 세게 부딪힌 뒤 부서지는 파도처럼 내 몸을 덮쳤다.

잠시 후 날카로운 울음소리가 귀를 파고들었다. 숲에 사는 새의 울음소리 같았다. 아니, 어쩌면 여우인지도…….

나는 잔뜩 긴장한 채 귀를 쫑긋 세우고 들려오는 모든 소리에 귀를 기울였다. 언제라도 자리에서 벌떡 일어나 달아날 준비가 되어 있었다. 어디로 도망쳐야 할지는 모르지만……. 나는 물속에 오래 있던 사람처럼 급하게 숨을 들이쉬었다. 어딘가 다쳤는지 몹시 아팠다. 나는 아무 소용 없으리라는 사실을 뻔히 알면서도 사방을 조심스럽게 살펴봤다. 누군가 근처에 있다고 해도 이런 깊은 어둠 속에서는 나만큼이나 아무것도 보지 못하기를 바랄 뿐이었다.

멀리서 바람이 또다시 숨을 크게 들이켜는 소리가 들리더니 잠시 후 휙 내 몸을 훑고 지나갔다. 이리로 도망치는 동안 나는 나뭇가지에 걸려 넘어지면서 움푹 팬 구덩이에 빠졌다. 그 바람에 온몸이 축축해졌고 양손은 긁힌 상처로 엉망이 되었다.

나는 혼자 있었고 솔직히 말하면 너무나 무서웠다. 그래서 눈앞의 어둠을 향해 중얼거렸다.

"내 이름은 빈센트야. 나는 열네 살이고, 엄마, 아빠와 함께 로테르담에 살아. 나는 빈센트야. 나는 열네 살이야."

나는 혼잣말을 계속했다. 어둠 속에서 혼자 있는 것을 견디는 데 조금은 도움이 되기 때문이다. 사람의 목소리를 듣는 일은, 그것이 비록 내 목소리라 해도 어쩐지 위안이 되었다. 잠시나마 혼자라는 기분이 덜 들었다.

그 아이들이 나를 찾고 있을까? 혹시 근처에 있는 건 아닐까?

나는 눈앞의 어둠을 바라보며 다시 혼잣말을 시작했다.

"내 이름은 빈센트야. 나는 열네 살이고, 야생에서 생존하는 법에 관한 책을 읽었어. 내가 가장 좋아하는 동물은 다람쥐야. 나는 열네 살이고, 내 방에는 〈스파이더맨〉 포스터가 걸려 있어. 내 이름은 빈센트고, 나는 무섭지 않아. 하나도, 하나도 무섭지 않아."

나는 바닥에 드러누워 위를 올려다보았다. 두 눈을 최대한 크게 떠 보았지만 눈앞은 여전히 깜깜했다. 나는 가만히 기다렸다. 바닥의 돌들 때문에 등이 배겼다. 이렇게 울퉁불퉁하고 차가운 잠자리는 난생처음이었다. 집에 있는 내 방의 침대는 정말 푹신푹신했는데……. 내가 덮고 자는 스파이더맨 이불도 생각났다. 집 생각이 간절했다. 엄마와 아빠, 그리고 콘코르디아 거리에 있는 우리 집.

정말로 도망칠 필요가 있었을까?

깜깜한 어둠 속에 있으니 세상이 다시는 밝아지지 않을 것처럼 느껴졌다. 마치 독감에 걸려 누워 있을 때 다시 건강해질 날을 떠올리기 힘든 것과 마찬가지로. 나는 다시 속삭였다.

"내 이름은 빈센트야. 열네 살이고, 생존하는 법을 아주 잘 알고 있어."

나는 혼잣말을 백 번 이상 반복했다.

마침내 날이 밝았다. 누군가 아주 천천히 커튼을 열어젖히는 것 같았다. 나무의 윤곽이 서서히 드러났다. 나뭇잎은 차츰 밝아지는 하늘을 배경으로 아직 검은색으로 보였다. 갑자기 새들이 내가 한 번도 들어 본 적 없는 요란한 소리를 내며 지저귀기 시작했다. 각양각색의 휘파람 소리가 섞인 콘서트 같았다.

키 작은 나무들과 덤불 사이에서 바스락바스락 소리가 들려왔다. 귀뚜라미, 나비, 사슴, 멧돼지 등 구멍과 동굴과 땅밑에 살고 있는 모든 동물과 곤충이 깨어났다.

그제야 눈앞에 졸졸 흐르는 시냇물이 보였다. 물 위에는 엷은 안개가 끼어 있었다. 내가 있는 곳은 자갈이 있는 시냇가였다. 나는 조심스럽게 몸을 일으켰다. 그리고 시내로 다가가 두 손으로 시냇물을 떠서 마셨다.

몇 시나 되었을까? 6시쯤? 숲은 썩은 나뭇잎과 젖은 돌 냄새로 가득

했고 온통 초록빛이었다.

어디로 가야 할까? 숲에서 나가려면 며칠을 걸어야 할까? 내가 올바른 방향을 택해서 계속 앞으로 간다면 머지않아 숲을 벗어날 수 있을 것이다. 도중에 배고픔과 갈증으로 죽지 않는다면, 어딘가 다치거나 발을 삐거나 해서 더 이상 걷지 못하지만 않는다면, 잘못해서 독이 있는 산딸기를 먹는 바람에 토하다가 질식해 죽지 않는다면, 그 아이들이 나를 찾아내지 못한다면.

차례

수학여행
7일 전

문제는 물이 있느냐 없느냐가 아니라
물이 있어도 어떻게 운반할 것인가다.

물이 없다면? 그렇다면 빗물 혹은 나뭇잎에 맺힌 이슬이라도 마셔야 한다.

바닥에 작은 구멍을 판 후에 비닐봉지를 열어 구멍 내부를 씌우듯 펼쳐 놓으면, 비닐의 표면에 맺히는 물방울이 구멍 한가운데 가장 낮은 곳으로 떨어져 모인다. 나무로부터 수분을 '쥐어짜는' 방법도 있다. 나뭇잎이 무성한 나뭇가지에 비닐봉지를 매어 놓는다. 시간이 흐르면 나뭇잎이 머금고 있는 수분이 증발할 때 생긴 수증기로 비닐봉지 안에 물방울이 맺히면서 물이 조금 고인다.

수학여행 준비

더없이 평범한 날이었다. 담임선생님인 타이히 선생님조차도 지루
해서 어쩔 줄 모르는 눈치였다. 일주일 후면 수학여행을 떠나기로
해서 우리는 그 준비에 여념이 없었다. 산봉우리와 계곡의 아름다
움을 찬양하는 노래, 꾀꼬리가 나오는 노래, 말 안 듣는 아이들을
잡아간다는 남자에 관한 노래를 연습했다. 그리고 여우 잡기(여우
역할을 하는 아이가 숨긴 쪽지를 사냥꾼 역할의 아이들이 찾는 야외 놀이)에서 어떻게
분장을 하면 좋을지 의논했다. 여기서 내가 말하는 '우리'는 우리
반 아이들이다. 나는 그저 아이들이 하는 대로 따라 하는 시늉만
했다.

　점심시간 이후 쉬는 시간에는 다행히 교실 안에 남아 있어도
된다는 허락을 받았다. 점심을 먹고 나서 발을 절뚝거리며 타이히
선생님한테 다가가 어제 오후에 엄지발가락을 다쳤다고 얘기했다.

부모님이 집에 없는 동안 나를 돌봐 주는 누나가 내 발에 냄비를 떨어뜨리는 바람에 응급실에 다녀왔다고 했다. 물론 전부 거짓말이었다. 오늘 아침 부모님이 자고 있을 때 나는 엄지발가락을 붕대로 친친 동여맸다. 응급 처치 솜씨가 워낙 좋다 보니 정말로 발가락을 다친 것처럼 보였다.

반 아이들은 겉옷을 걸쳐 입고 앞다투어 교실 밖으로 뛰쳐나갔다. 아이들이 계단에 이르렀을 때쯤에야 고함 소리와 웃음소리가 잦아들었다. 타이히 선생님은 내 발가락을 가만히 내려다보았다. 표정을 보니 내 말을 믿는 눈치였다. 선생님은 나에게 쉬는 시간 동안 화초에 물을 주라고 시키고는 교무실로 향했다.

나는 창가에 서서 밖에서 뛰노는 아이들을 바라보았다. 아이들은 네모난 판석에서 술래잡기를 하고 있었다. 화초에 물을 주고 창밖을 내다보니 먼 하늘에서 구름이 몰려오고 있었다. 하늘이 서서히 회색빛으로 뒤덮였다. 조만간 비가 올 것 같았다. 학교에 있을 때면 나는 항상 다른 어떤 곳도 이곳보다는 나을 거라고 생각했다. 여기만 아니라면 이 세상 그 어떤 곳에 있어도 좋겠다고 여겼다.

나는 꿈을 꾸기 시작했다. 다른 사람도 그렇게 할 수 있는지는 모르겠지만 나는 두 눈을 뜬 채 꿈을 꿀 수 있었다. 꿈속에서 나는 맨발로 젖은 풀밭 위를 달렸다. 머리카락은 바람에 날리고 햇볕이 얼굴을 비추었다. 나무에서 나무로 폴짝폴짝 뛰어다니는 다람쥐가 보였다. 또 망아지 한 마리가 어설픈 동작으로 뛰어다녔고 땅에서는 통통한 지렁이 한 마리가 구멍 밖으로 고개를 내밀었다. 딱정벌레는 가느다란 풀잎에 앉아 나를 쳐다보고 있었다. 꿈속에서 나는 동물들과 이야기를 나눌 수 있었고 무슨 말이나 알아들을 수 있었다.

딱정벌레가 돌들이 자기 앞을 가로막고 있다며 투덜댔다.

나는 웃으며 딱정벌레에게 말했다.

"그냥 조약돌이잖아."

"나한테는 산이나 다름없는걸!"

망아지가 물었다.

"다리가 없는 딱정벌레를 뭐라고 부르는지 알아?"

나는 모르겠다는 표시로 어깨를 으쓱했다. 구멍 밖으로 고개를 내민 지렁이도 나처럼 어깨를 으쓱했다. 물론 아주 가까이에서 봐야만 알아챌 수 있다.

나는 대답했다.

"모르겠는데."

"네가 뭐라고 부르든 뭔 상관이야. 네가 부른다고 해도 오지 못할 텐데……."

망아지가 의기양양하게 말하면서 히힝 소리를 냈다. 다람쥐는 큰 소리로 웃음을 터뜨렸다. 나는 망아지의 농담이 시시하다고 생각했지만 "하하, 재미있네." 하고 말해 주었다.

아이들이 교실로 돌아오는지 복도에서 소란스런 소리가 들렸다. 쉬는 시간이 벌써 끝나다니! 너무 짧게 느껴졌다. 우리 반 여학생들이 머리를 땋은 1학년 여자애를 둘러싸고 "어쩜! 너무 귀엽다!" 하면서 호들갑을 떨었다. 남학생들은 점퍼를 옷걸이에 걸면서 서로 어깨를 밀치며 장난을 쳤다.

잠시 후 우리는 모두 의자에 얌전히 앉아 수업이 끝나기만을 기다렸다. 나는 가능한 한 천천히 문제를 풀었다. 사다리꼴 안에 있는 삼각형의 넓이를 계산해야 하고, 두 친구가 같은 지점에서 자전거를 타고 반대 방향으로 출발할 때 한 친구는 40초, 한 친구는 48초 걸린다면, 100바퀴를 도는 동안 출발 지점에서 몇 번 만나는지 계산해야 했다.

마침내 3시가 됐다. 아직 문제를 다 풀지 못했지만 나는 얼른 자리에서 일어나 가방을 잽싸게 챙겨 들고 첫 번째로 교실 문을 빠져나왔다. 급하게 나오느라 절뚝거려야 한다는 것도 깜빡했다.

집으로 가는 방법은 세 가지가 있었다. 매번 다른 길을 선택해도 그 아이들은 동작이 얼마나 빠른지 금세 나를 따라잡았다. 가끔은 그 아이들과 마주치지 않고 무사히 집에 도착하기도 하지만 대부분의 경우는 그렇지 않았다. 모퉁이 두 개를 겨우 돌았을 뿐인데 아이들이 뒤에서 따라오는 소리가 들렸다.

아이들은 점점 더 가까이 오더니 내 팔을 붙들고 가방을 낚아챘다. 오늘은 네 명이었다. 아이들이 내 도시락 통을 꺼내 공처럼 서로 주고받으며 큰 소리로 낄낄거렸다. 토요일과 일요일을 제외하고 항상 나한테 벌어지는 일이었다. 나는 그럴 때마다 어쩔 줄 모르고 가만히 서 있거나 위로 높이 뛰면서 도시락 통을 잡아채려고 해 봤다. 하지만 아이들은 나보다 훨씬 빠르고 힘이 셌다. 아무런 소용이 없다는 사실을 나는 이미 알고 있었다. 나에게 스파이더맨 같은 힘과 근육이 있으면 좋겠다고 생각했다. 그러나 이 소원이 이루어질 리가 없다.

오늘도 나는 여느 때와 조금도 다르지 않은 나 자신일 뿐이었다. 내가 도시락 통을 되찾으려고 애쓰면 애쓸수록 아이들은 더 재미있어했다. 내 도시락 통을 서로 던지는 것이 그 아이들에게는 운동장에서 술래잡기를 하는 것과 마찬가지로 그저 재미있는 놀이에 지나지 않을 것이다.

망아지가 소리를 질렀다.

"잘 좀 해 봐! 그렇게 어려운 일도 아니잖아."

다람쥐도 고함을 쳤다.

"더 높이 뛰어 봐!"

나는 내 상상 속의 친구들에게 속삭였다.

"할 수가 없어."

아이들이 내 도시락 통을 기어이 쓰레기통 안에 던져 넣었다. 그중 한 명이 나를 세게 밀쳤고, 내가 땅바닥에 나뒹굴고 나서야 아이들은 나를 두고 그 자리를 떠났다.

딱정벌레가 소곤거렸다.

"어서 일어나."

"넌 동작이 너무 느려."

망아지가 안타까워했다.

"나도 알아."

나는 힘없이 중얼거렸다. 나 역시 스스로에게 실망했다.

"체력 단련을 해야 해."

다람쥐가 큰 소리로 충고했다.

나는 고개를 끄덕였다. 사실 몇 주째 체력 단련을 하고 있는 중이었다.

나는 조심스럽게 일어나 무릎을 만져 봤다. 보기 흉하게 긁힌 곳이 여러 군데였다. 나는 옷에 묻은 흙먼지를 툭툭 쳐서 떨어낸 다음 소매를 걷어 올리고 쓰레기통 안에 팔을 쑥 집어넣었다. 손끝으로 빈 비닐봉지와 마요네즈가 묻은 감자튀김, 먹다 남긴 사과를 한참 뒤적였다. 드디어 도시락 통이 손끝에 걸렸다.

나는 도시락 통을 쓰레기통에서 꺼내 가방에 집어넣고 집을 향해 느릿느릿 발걸음을 옮겼다. 상상 속의 내 동물 친구들이 내 뒤를 바싹 뒤쫓았다.

재난은 예고 없이 발생한다

집에 오니 샤를로테 누나가 벌써 와 있었다. 누나는 나를 챙겨 주는 베이비시터였다. 물론 나는 베이비시터가 돌보기에는 나이가 많았지만 부모님은 내가 학교를 마치고 텅 빈 집에 돌아오는 걸 싫어했다. 그래서 누나한테 부모님이 귀가할 때까지 나와 함께 있어 달라고 부탁했다. 누나는 소파에 앉아 휴대 전화를 만지작거릴 뿐 나를 귀찮게 하지 않았다.

"왔구나."

샤를로테 누나는 나한테 진짜 누나나 마찬가지였다. 물론 돈을 받고 하는 일이지만.

"오늘은 어땠니?"

누나가 물었다.

"괜찮았어."

"이리로 잠깐만 와 봐."

누나는 머리끝부터 발끝까지 나를 찬찬히 살폈다. 누나의 눈 길이 내 무릎에 머물렀다. 누나는 한숨을 쉬며 "많이 다친 건 아니 네." 하고 조그맣게 말하더니 내 머리를 쓰다듬었다.

누나 노릇을 해 주는 대가로 돈을 받는다고 해도 누나가 있다 는 건 정말 좋은 일이었다.

"난 과제가 있어서 해야 하는데 넌 뭐 할래?"

누나가 물었다.

"서바이벌 키트(재난 대비 생존 용품 상자) 좀 점검하려고."

누나가 알았다는 듯 고개를 끄덕였다.

샤를로테 누나는 내 비밀을 모두 알고 있었다. 내가 서바이벌 키트 안에 들어 있는 물건들을 보여 준 유일한 사람이기도 했다. 서바이벌 키트는 가로 10센티미터, 세로 7센티미터, 높이 2센티미 터인 작은 통이다. 나는 낡은 침대보를 길게 찢어 반으로 접은 다 음 긴 쪽을 꿰매 가운데가 빈 허리띠처럼 만들었다. 그리고 그 안 에 서바이벌 키트를 집어넣은 뒤 허리에 두르고, 그 위에 스웨터를 입었다. 항상 가지고 다니는 셈이었다.

서바이벌 키트 안에는 어떤 상황에 놓이게 되든지 생존에 필요 한 모든 물건이 들어 있었다. 그 물건들을 다 채워 넣기 위해서 용 돈을 전부 썼다. 물론 아무도 모르게. 사람들이 알아서는 안 되는 일이라서가 아니라 나에게는 당연한 일들을 많은 사람들이 이상 하게 여길 수도 있기 때문이다. 예를 들어 우리 부모님도 내가 항상 서바이벌 키트를 가지고 다닌다고 하면 내 행동을 이해하지 못할 것이다. 대답하기 곤란한 질문들을 내게 잔뜩 할 테고 운이 나쁘면 나를 심리 치료사한테 보내 상담을 받게 할 것이다. 그래야만 내가 정상적으로 행동하게 될 거라고 믿고서.

사실 그런 일이 실제로도 있었다. 하지만 심리 치료를 받았어도 내가 완전히 정상이 된 것은 아니었다. 부모님은 그 일을 안타깝게 여겼다. 그래서 나는 가능한 한 부모님이 나를 정상이라고, 혹은 완전히는 아니지만 적어도 다른 집을 방문할 때 데리고 갈 만큼은 정상이라고 믿게끔 행동했다.

나는 위층으로 올라갔다. 내 방에는 나밖에 없기 때문에 일부러 꾸미지 않아도 괜찮았다. 내 머릿속은 온갖 이야기들로 꽉 차 있었다. 그리고 그 이야기들 속에서 나는 항상 영웅이었다. 하늘을 날 수도 있고 동물들과 이야기를 주고받을 수도 있었다. 초능력으로 손에서 보라색 빛을 쏘아 모든 것을 깨부술 수도 있을 만큼 아주 막강한 존재였다.

내가 가장 좋아하는 책도 내 방에 있었다. 책 제목은 《서바이벌 핸드북》이다. 열세 살에 이 책을 처음 읽었을 때 나는 이 책이 세상에 존재하는 그 어떤 것보다도 강력한 무기라는 사실을 곧바로 알아차렸다. 단지 신체적으로 힘이 세다는 이유만으로 힘이 있는 사람이 되는 것은 아니다. 힘이 세지 않아도 야생이나 재난 상황에서 살아남는 법, 음식물을 구하고 덫을 놓는 법을 아는 사람이라면 얼마든지 강인한 사람이 될 수 있다. 나는 비록 힘이 세지는 않지만 강인한 사람이 되고 싶었다.

다람쥐는 나에게 신체를 단련해야 한다고 말했다. 사실 나는 벌써 몇 달째 체력 단련을 하고 있었다. 침대 옆에서 매일 아침 열다섯 번, 저녁에 자기 전에 열다섯 번 팔 굽혀 펴기를 했다. 나를 괴롭히는 상대방에게 맞서는 법을 연습하기도 했다. 손에 회중전등을 들고 방 한복판에 서서 "나한테 나쁜 말을 하는 바로 네가 나쁜 놈이야!" 하고 소리를 질렀다. 그리고 만화에 나오는 영웅처럼 "에잇, 맛 좀 봐라!" 하고 외치면서 보이지 않는 적에게 회중전등을 마구 휘둘렀다.

망아지가 씩 웃으며 말했다.

"빈센트, 잘했어."

이렇게 나는 수학여행 준비를 했다. 나를 괴롭히는 아이들보다 강해질 가능성은 전혀 없지만 아주 조금이나마 도움이 될지도 모른다고 믿었다.

《서바이벌 핸드북》에서는 신체적으로 좋은 컨디션을 유지하는 것이 얼마나 중요한지 강조했다. 재난이란 항상 예고 없이 발생하기 때문이다. 사실 날마다 재난과 다름없는 상황에 놓이는 나로서는 재난이 예고 없이 발생한다고 말하기도 어려웠다. 하지만 어떤 종류의 재난에 부닥치게 될지, 그 재난이 얼마나 심각할지는 결코 미리 알 수가 없다. 그래서 나는 화재나 고립, 홍수를 비롯해 굶주림 혹은 부상을 입거나 어딘가에 갇히는 일과 같은 온갖 종류의 재난에 대비했다. 정전이 되면 어떻게 행동해야 할지 나는 정확하게 알았다. 슈퍼마켓에 먹을 것이 떨어졌을 때나 댐이 무너졌을 때 무엇을 해야 할지, 그리고 어디로 대피해야 할지도 알았다.

대부분의 사람들은 자신이 정글이나 사막 혹은 망망대해나 물에 잠긴 땅에서 생존을 위협받는 상황에 절대로 처할 리 없다고 생각할지도 모른다. 하지만 자동차나 비행기 또는 배로 여행을 하는 사람이라면 누구나 재난을 당할 수 있다. 심지어는 그냥 집에 있는 사람이라도 며칠 동안 꼼짝없이 집에 갇힐 수도 있고, 지붕 위나 지하실에서 밤을 지새우는 일이 생길 수도 있다.

샤를로테 누나가 마실 것과 비스킷을 들고 와서 나를 불렀다.

"너 또 혼잣말하는구나."

딱정벌레가 킥킥거렸다. 얼굴이 빨개지는 게 느껴졌다. 나는 마치 산속에서 혼자 사는 사람처럼, 혹은 친구가 한 명도 없는 사람처럼 혼잣말을 했다. 하긴 친구가 한 명도 없는 건 사실이다.

"괜찮아. 나도 가끔 그러는걸."

누나는 나한테 눈을 찡긋해 보이고는 방에서 나갔다. 나는 한결 가벼워진 마음으로 누나의 뒷모습을 바라봤다.

서바이벌 키트

나는 허리에 묶은 띠를 풀어 서바이벌 키트를 빼낸 다음 바닥에 깔린 카펫 위에 주저앉았다. 그리고 안에 든 것들을 조심스럽게 꺼내 펼쳐 놓았다. 붉은색 윤기 나는 몸체를 자랑하는 스위스 군용 칼을 들어 올려 접힌 칼날을 튀어나오게 한 뒤 은색으로 빛나는 날카로운 칼날을 감탄하며 바라봤다. 나는 직접 경험한 적이 있기 때문에 칼날에 엄지손가락을 가볍게 스치기만 해도 즉시 베인다는 사실을 알고 있다.

군용 칼 옆에는 내가 손질한 성냥개비들이 있었다. 마음이 뿌듯했다. 나는 성냥개비들을 반으로 꺾은 다음 머리 부분을 촛농에 적셔 눅눅해지는 걸 방지했다. 그리고 성냥갑에서 성냥을 대고 긋는 부분을 도려내 반으로 꺾은 성냥개비들과 함께 비닐봉지에 넣어두었다. 그래야만 자리를 많이 차지하지 않는다. 같은 이유로 키트 안에 넣은 양초도 둥근 몸통을 깎아 홀쭉하게 만들었다.

서바이벌 키트 안에는 진통제와 낚싯바늘, 부싯돌 한 개, 그리고 돋보기도 있었다. 바늘과 실도 들어 있는데 찾기 쉽게 실을 바늘에 돌돌 감아 두었다. 그뿐이 아니다. 나침반과 와이어 톱, 정수 알약, 그리고 덫이나 올가미를 만드는 데 쓸 60센티미터 철사도 있고, 엄마의 여행용 파우치에서 가져온 일회용 밴드도 있었다. 심지어는 밤에 형광색으로 빛나는 동전 크기의 물건도 있었는데, 이건 건전지 없이도 15년간 쓸 수 있는 야광체다. 군데군데 남는 자리는 솜으로 채웠다. 솜은 야외에서 불을 피우거나 상처가 난 피부를 소독하는 데 요긴하게 쓰인다.

나는 《서바이벌 핸드북》에 있는 필수품 목록을 다시 점검해 봤다. 진통제와 정수 알약 등은 아직 유통기한이 지나지 않았다. 키트 안에는 필수품 목록에 적힌 것들이 거의 들어 있었다. 유일하게 빠진 것은 콘돔이었다. 웃을 일이 아니다. 콘돔 한 개에 물 1리터를 담을 수 있다. 물이 없는 장소를 통과해야 할 때는 아주 유용한 도구가 된다.

나는 저금통에서 5유로를 꺼내면서 이 정도면 충분한지 고민했다. 키트를 채우는 데 필요한 것들을 사느라 돈을 다 써 버려서 저금통 안에 남은 돈은 5유로뿐이었다. 콘돔을 사야 한다는 일이 끔찍하게 느껴져 지금까지 미뤄 왔는데, 이제는 어쩔 도리가 없었다. 계산대의 직원은 틀림없이 나를 뚫어져라 쳐다보면서 웃음을 터뜨릴 것이다. 그럼에도 나는 콘돔을 사는 일이 세상에서 가장

자연스러운 일인 것처럼 그 눈길을 아무렇지 않게 받아 넘겨야 할 것이다.

나는 아래층으로 달려 내려갔다. 샤를로테 누나가 식탁에 앉아 과제를 하고 있었다.

"비스킷 더 줄까?"

나는 고개를 흔들었다.

"잠깐 나갔다 올게."

누나가 의아한 표정으로 물었다.

"어디 가는데?"

나는 헛기침을 했다.

"콘돔 사러 가."

누나가 미간을 찡그렸다. 나는 얼른 콘돔이 왜 필요한지 설명했다. 누나가 알았다는 듯이 고개를 끄덕였다.

샤를로테 누나는 내가 하는 행동이 무엇이든지 합당한 이유만 있다면 이상하다고 여기지 않았다. 누나가 말했다.

"조심해서 다녀와."

나는 점퍼를 걸친 후 길모퉁이에 있는 편의점으로 달려갔다. 진열대에서 콘돔을 찾아보았지만 보이지 않았다. 콘돔은 계산대 옆에 있었다! 콘돔을 사려면 계산대로 가서 달라고 말해야 했다. 진열대에서 한 통 집어 들고 가서 계산대에 내려놓기만 한다면 얼마나 좋을까! 이제 어쩌지? 그냥 집으로 돌아가야 할까? 그럴 순 없었다. 나한테는 물을 나를 도구로 콘돔이 꼭 필요했다. 나는 계산대 앞에 줄을 서 있는 사람들 뒤로 가서 내 차례를 기다렸다.

드디어 내 차례가 되었다. 그런데 그때 하필 딜란의 엄마가 내 뒤에 섰다. 잔뜩 부풀린 머리에 진한 핑크색 립스틱을 칠한 딜란의 엄마가 나를 보며 미소를 지었다. 나는 딜란의 엄마가 무서웠다. 몸에서 항상 맥주 냄새가 났다. 나는 뻣뻣하게 굳은 얼굴로 어색하게 웃었다. 왜 하필이면 지금 여기서 마주친 것인지 원망스럽기 짝이 없는 상황이었다. 나는 얼른 계산대 옆 진열대에서 박하사탕 한 통을 집어 들어 계산대에 내려놓았다. 이제 수중에 남은 돈은 4유로 20센트가 전부였다.

나는 길모퉁이에 서서 딜란의 엄마가 편의점에서 나오기를 기다렸다. 잠시 후 딜란의 엄마가 옆구리에 커다란 화장지 묶음을 끼고 밖으로 나왔다. '화장지라니! 저 화장지로 딜란이 똥을 닦겠구나.' 하고 생각하면서 나는 고개를 흔들었다.

딜란의 엄마가 시야에서 사라지자 나는 다시 편의점 안으로 들어갔다. 다행히 손님이 한 사람도 없었다.

계산대에는 푸른색 유니폼을 입은 점원이 두 명 서 있었다. 한 사람은 뚱뚱하고 한 사람은 날씬했다. 나는 "콘돔 한 박스 주세요." 하고 말했다.

상상 속 내 친구 망아지가 불안하게 히힝 소리를 냈다.

점원들이 나에게 시선을 던졌다. 물 밖으로 나온 물고기처럼 입을 뻐끔거리면서 크게 부릅뜬 물고기 눈으로 내 얼굴을 뚫어지도록 쳐다봤다. 너무 놀라서 숨이 넘어가지 않은 게 다행이랄까.

내가 마치 곤들매기(연어과의 민물고기)를 잡으려는 작은 새우인 것처럼, 고래 사냥에 나선 올챙이인 것처럼 그렇게 바라봤다. 그러더니 갑자기 서로 얼굴을 마주한 채 웃음을 터뜨렸다. 발작적으로 터진 웃음소리는 도무지 잦아들 줄을 몰랐다.

나는 그런 게 아니라고, 오해한 것이라고 외치고 싶었다. 하지만 그렇게 큰 소리로 웃는데 내 말이 두 사람 귀에 들릴 리 없었다. 그래도 용기를 내서 입을 열었지만 목소리가 제대로 나오지 않았다. 화난 얼굴로 두 사람을 노려보자 마침내 그들이 웃음을 그쳤다.

"빨리 주세요."

"부모님한테 사다 드리는 거니?"

날씬한 점원이 물었다.

나는 무뚝뚝하게 대답했다.

"무슨 상관이에요? 안 팔 거예요?"

뚱뚱한 점원이 대답했다.

"그래. 넌 너무 어려서 살 수 없단다."

그래도 손님은 손님이니까 혹시 마음을 바꾸지 않을까 해서 나는 잠깐 동안 그 자리에 버티고 서서 기다렸다. 하지만 두 사람은 나를 무시한 채 내 뒤에 온 손님의 물건을 계산했다. 나는 어쩔 수 없이 편의점을 나왔다.

다람쥐가 킥킥거리며 따라왔다.

집에 돌아오니 샤를로테 누나는 여전히 과제하느라 바빴다. 내가 누나한테 편의점에서 겪은 일을 얘기해 주자 누나가 큰 소리로 웃더니 노트북을 덮고 일어섰다.

"내가 사다 줄게."

10분이 채 지나지 않아서 누나가 돌아와 콘돔 세 개가 담긴 네모난 상자를 건넸다.

"1유로 40센트더라."

누나는 이렇게 말하면서 나에게 거스름돈을 주었다.

나는 내 방으로 올라와 콘돔 두 개를 꺼내 키트 안에 넣은 다음, 물건들을 이리저리 옮겨 잘 정리했다.

딱정벌레가 만족스러운 한숨을 내쉬었다.

"야, 정말 잘됐네!"

모든 것이 제자리에 놓이자 나는 흐뭇한 마음으로 서바이벌 키트의 뚜껑을 닫았다. 그리고 안에 있는 물건들이 젖지 않도록 뚜껑에 방수 테이프를 꼼꼼하게 붙였다.

수학여행
6일 전

사람은 어디서나 세상으로부터 고립될 수 있다.
어떤 장소에 고립되었느냐에 따라
그에 맞는 특별한 생존 전략이 필요하다.

오두막을 만들거나 텐트를 치기에 적당한 장소를 찾으려면 다음 사항들에 유의해야 한다.

1 낮은 곳보다는 높은 곳이 좋다. 몸을 숨겨야 할 때가 아니라면 골짜기나 움푹 파인 구덩이는 좋지 않다. 비가 오기 시작하면 물이 고이기 때문이다.

2 비스듬하게 경사진 언덕이나 낭떠러지도 피해야 한다. 자다가 아래로 굴러떨어질 수 있기 때문이다.

3 바람이 들이치지 않는 장소를 찾아야 한다.

4 위에서 떨어질지도 모를 죽은 나무나 나뭇가지, 또는 흔들리는 돌이 있는지 반드시 미리 점검해야 한다.

5 가능한 한 물 가까이 머물되 근처에 들짐승이 있는지 살펴야 한다. 들짐승이 다니는 길에는 자취가 남아 있다.

6 이끼와 덤불, 나뭇가지 등 오두막을 만들고 불을 피우는 데 필요한 재료가 충분히 있는 장소를 고르는 것이 좋다.

어김없이 시작된 복통

잠에서 깼다. 그런데 눈을 뜨기도 전에 배가 아팠다. 오늘은 화요일이고, 화요일은 학교에 가는 날이고, 학교에 가는 날은 곧 배가 아픈 날이다.

"빈센트, 너 아프니?"

지렁이가 기대하는 얼굴로 물었다.

지난주에 벌써 두 번이나 독감에 걸렸다는 핑계를 대고 학교에 가지 않았다. 그러니 또 아프다고 할 수는 없는 노릇이었다.

나는 침대에서 일어나 아래층으로 내려가 빵을 먹었다. 아니, 먹으려고 노력했다고 해야 하나? 학교에 가는 날에는 배가 고프지 않았다. 도시락을 싸던 엄마가 미소를 지으며 내 머리를 쓰다듬어 주었다. 나는 이를 닦으러 위층으로 올라갔다.

계단에서 망아지가 작은 목소리로 말했다.

"팔 굽혀 펴기 하는 것 잊지 마."

나는 마지못해 침대 옆에서 팔 굽혀 펴기를 열다섯 번 한 다음 이를 닦았다. 복통이 가라앉지 않았다. 오후에 학교에서 돌아와 현관문을 닫을 때, 샤를로테 누나가 "빈센트, 이제 왔구나. 오늘은 어땠니?" 하고 묻는 소리가 들릴 즈음에야 비로소 복통은 사라질 것이다.

누나는 멍이 든 곳이 몇 군데나 되는지 세어 보고 나서 오늘은 그다지 심하지는 않다고 말할 것이다. 아니면 반대로 계속 이런 상태로 지낼 수는 없다고, 부모님한테 말씀드리겠다고 할 수도 있다. 그러면 나는 누나한테 결코 좋은 생각이 아니라고, 오히려 모든 면에서 더 나빠지기만 할 거라고 말할 것이다. 앞으로 1년만 더 참으면 된다. 1년 후에 학년이 올라가고 반이 달라지면 상황이 달라질 것이다.

나는 누나에게 확인차 물어볼 것이다.

"그러겠지? 안 그래?"

"그러겠지."

누나는 어쩔 수 없이 수긍할 것이다. 누나는 이해심 가득한 표정으로 고개를 끄덕일 것이고 내 배 속을 휘젓던 고통은 서서히 사라질 것이다.

나에게 일어난 이 모든 일이 어떻게 시작되었는지 기억이 나지는 않는다. 나는 항상 다른 아이들이 좀 무서웠다. 어렸을 때는 한 동네에 사는 아이들과 종종 밖에서 어울려 놀았다. 함께 자전거를 타기도 했다. 그때는 아이들이 무섭지 않았다. 부모님이 늘 근처에 있었기 때문이다.

집에 가고 싶으면 아무 때나 집으로 돌아갈 수 있었다. 부모님은 정말 자애로운 분들이다. 한 번도 나에게 화를 낸 적이 없다. 나는 종종 쥐며느리와 달팽이를 잡아서 상자에 담아 집으로 가져갔다. 아이들 중 몇 명은 그런 내 행동을 이상하다고 생각했다.

내가 남들과는 다르다고 느낀 것이 먼저였는지, 아니면 아이들이 나를 대하는 태도가 다른 것이 먼저였는지 모르겠다. 이 시기의 사진을 보면 나는 두 눈을 휘둥그레 뜨고 있었다. 아이들 사이에 어떻게 끼어야 할지 몰라서 눈을 동그랗게 뜨고 아이들을 그저 쳐다보기만 했다.

초등학생이 되었을 때도 사정은 달라지지 않았다. 그리고 당연히 얼마 지나지 않아서 아이들은 그 사실을 눈치챘다. 마치 늑대가 눈을 감고도 냄새만으로 사냥감의 흔적을 찾아낼 수 있는 것처럼 아이들은 나한테서 무언가를 냄새 맡고 내 뒤를 따라다니며 놀려댔다.

물론 곧바로 아이들의 집단 괴롭힘이 시작된 것은 아니었다. 내가 열 살이 되었을 때 아이들은 점점 야비해지기 시작했다. 내가 입은 옷이 꼴사납고 나한테서 고약한 냄새가 난다고 조롱했다. 그때 아이들에게 "입 닥쳐. 네 꼴은 어떤지 보기나 하고 그런 말을 하든지. 이 바보 멍청이야!" 하고 쏘아붙일 수도 있었을 텐데…….

그렇게 할 수도 있었을 것이다. 하지만 나는 그렇게 하지 못했다. 우리 집에서는 그런 못된 말을 입에 담은 적이 한 번도 없었기 때문이다.

아이들은 나더러 이상한 애라고 말했다. 아이들이 나한테 바싹 붙어 서면 아이들이 내쉬는 숨에서 나는 냄새를 맡을 수 있었다. 나는 불안감에 가슴이 두근거렸다. 아이들은 내 옷을 잡아당기며 어떻게 또 이런 이상한 옷을 입고 왔냐고, 왜 평범하고 정상적인 옷차림을 할 수 없냐고 물었다. 온몸이 후끈 더워지고 등에 땀이 맺혔다.

'또 얼굴이 빨개지면 어쩌지? 그럼 내가 얼마나 겁을 먹었는지 아이들이 알아차릴 텐데……'

이런 생각을 하는 순간 이미 뺨이 화끈거렸다.

나는 그 자리를 피하려고 했다. 하지만 아이들은 나를 벽으로 밀어붙였다. 그리고 누군가 나를 세게 꼬집었다. 나는 소리를 질렀지만 목구멍에서 나오는 소리는 그야말로 모깃소리였다. 내가 생각해도 이해가 가지 않는다. 대체로 다른 아이들은 그럴 때 크게 비명을 지르고 선생님을 불러 댄다. 그러면 선생님이 달려와서 야단을 치고 구해 준다. 하지만 나는 아이들이 정말로 나를 아프게 했을 때에만 비명 소리를 냈다. 그마저도 어찌나 작은 소리였는지 나를 도와주러 오는 선생님은 한 명도 없었다.

한번은 학교에 새로 산 베이지색 가죽 구두를 신고 간 적이 있었다. 정말 멋진 구두였다. 엄마랑 시내에 나갔을 때 산 구두였다.

아주 비쌌지만 엄마는 좋은 구두는 한 켤레쯤 꼭 필요하다며 사주었다. 얼룩이 묻으면 지울 수 있도록 가죽에 사용하는 지우개도 딸려 있었다.

아이들이 물었다.

"새 구두냐?"

나는 고개를 끄덕였다. 아이들은 서로 얼굴을 마주 보더니 "구두를 새로 샀대." 하고 수군대며 웃었다. 나는 구두를 새로 샀다는 사실이 왜, 어떤 점에서 웃기는 일인지 이해할 수가 없었다.

쉬는 시간이 되자 아이들이 다가왔다. 아이들은 근처에 선생님이 있는지 살펴보지도 않았다. 눈으로 확인하지 않아도 선생님이 있는지 없는지 그냥 느낌으로 알았다. 나는 어른들이 어디에 있는지 찾느라 주변을 둘러보았다. 어른들이 필요했다. 어른들이 다가와 나를 괴롭히는 아이들에게 그렇게 행동하면 안 된다고, 교칙에 위배되는 행동이라고 타이르기를 바랐다. 교정의 반대편 끄트머리에 서 있는 담임선생님이 보였다. 선생님은 숨바꼭질을 하는 1학년 아이들을 보면서 웃고 있었다.

그 순간 아이들이 나를 벽으로 밀치더니 신고 있던 커다란 신발로 내 구두를 마구 짓밟았다. 새로 산 가죽 구두에 시커먼 얼룩이 잔뜩 묻었다. 아이들의 행동은 거칠기 짝이 없었다. 한 아이는 내 배를 주먹으로 쳤다. 정말 아팠다. 배가 조여들고 금방 토할 것처럼 어질어질했다. 내 얼굴을 할퀸 아이도 있었다.

수업 시간 시작을 알리는 종소리가 들리자 아이들은 나를 그 자리에 두고 웃으면서 교실로 달려 들어갔다. 나는 배를 움켜잡은 채 가까스로 몸을 바로 세웠다. 순간적으로 기절할지도 모르겠다는 생각이 들었다. 나는 옷매무새를 가다듬은 뒤 구두에 묻은 얼룩을 어떻게든 지워 보려고 애썼다. 하지만 소용없었다. 새 구두는 형편없이 망가져 버리고 말았다.

"빈센트, 이제 들어가야지."

누군가 부르는 소리가 들렸다. 슈타인 선생님이었다. 나는 얼른 고개를 들고 아무렇지도 않은 듯 미소를 지었다. 다행히 슈타인 선생님도 나를 향해 미소를 돌려주었다.

나는 울지 않았다. 그러나 내 심장은 두려움으로 세차게 뛰었고 무릎이 후들거렸다. 물론 겉으로는 전혀 드러내지 않았다. 슈타인 선생님은 아무것도 눈치채지 못했다. 나는 선생님을 향해 고개를 끄덕인 뒤 그 뒤를 따라 학교 건물 안으로 들어갔다. 학교 안은 안전했다. 다른 아이를 괴롭히는 짓은 교칙에 어긋나는 행동이라 아이들이 감히 나를 괴롭히지 못했기 때문이다. 그때만 해도 아이들은 그나마 학교 안에서는 교칙을 지켰다.

그러나 딜란이 나를 괴롭히는 아이들의 무리에 합류하면서 상황은 걷잡을 수 없이 나빠졌다.

괴롭힘의 시작

딜란을 처음 만났을 때 나는 우리가 친구가 될 수 있을 거라고 생각했다. 딜란은 우리 집에서 조금 떨어진 곳에 새로 이사 온 아이였다. 우리 학교로 전학을 해서 등교하는 첫날 나랑 학교에 같이 가게 되었는데 수줍은 성격인 것처럼 보였다. 첫날이라고 긴장한 티가 역력했다.

학교에 도착하자 딜란에게 내가 알고 있는 정보를 모두 알려 주었다. 나는 원래 무엇이 어디에 있는지 정확하게 기억하는 것을 좋아했다. 그래서 지도를 읽는 것에도 무척 흥미가 있었다. 부모님과 여행을 할 때면 지도에 나와 있는 기호를 꼼꼼히 읽거나 구글 맵을 살펴보고 주변을 조사한 다음 캠핑장에서 호수까지 거리가 얼마나 되는지, 혹은 숲이 어디에서 시작되는지 알려 준다.

나는 딜란에게 어떤 화장실이 깨끗한지, 타고 올라가기에 가장 좋은 나무가 어디 있는지, 시멘트 바닥이 울퉁불퉁해서 넘어지기 쉬운 곳이 어디인지 알려 주었다. 자전거를 세워 둘 수 있는 곳과 까치발을 하면 교무실을 살짝 들여다볼 수 있는 장소도 알려 주었다. 딜란은 내 말을 듣는 동안 가끔 나를 곁눈질로 살펴보았다. 어쩌면 그때부터 나를 좀 이상한 아이라고 생각했는지도 모른다. 물론 그 당시에는 그런 내색을 전혀 하지 않았다.

내가 다른 아이들에게 딜란을 소개하려고 했을 때 딜란은 그 아이들을 쳐다보는 대신 고개를 숙이고 자기 신발만 내려다보고 있었다. 그래서 나는 속으로 '얘도 나처럼 수줍음이 많고 시끄러운 애들을 싫어하는구나. 나랑 잘 맞는 친구를 드디어 만난 걸까?' 하고 생각했다.

그보다 더 큰 착각은 없었다.

같이 학교에 가는 동안 딜란은 별로 말이 없었다. 항상 내가 딜란의 집에 들렀다가 거기서부터 학교까지 함께 걸어가곤 했는데, 어느 날 아침 딜란의 집에 도착하니 딜란이 집에 없었다.

"딜란은 벌써 학교에 갔단다."

목욕 가운 차림으로 문을 열어 준 딜란의 엄마가 말했다. 딜란의 엄마는 차가운 바깥 공기를 막기 위해 가운의 깃을 여미더니 미안한 표정으로 미소를 지었다.

"언짢게 여기지 않으면 좋겠구나."

나는 고개를 저으며 그렇지 않다고, 어차피 학교에 가면 만날 거니까 괜찮다고 말했다.

물론 나는 전혀 괜찮지 않았다. 하지만 그 사실을 인정할 마음은 털끝만큼도 없었다. 나는 혼자서 학교까지 걸어갔다. 나쁜 예감으로 배 속이 차가워지는 느낌이었다.

딜란은 갑자기 슈테판과 친해졌다. 슈테판은 좀 둔하지만 힘이 엄청나게 센 아이였는데 모든 아이들에게 인기가 있었다. 나는 조심스럽게 행동했다. 교실 안에서 일어나는 아주 작은 변화가 때로는 큰 불행을 가져올 수 있다는 걸 잘 알고 있었기 때문이다.

슈테판과 딜란은 무엇을 하든 항상 같이했다. 쉬는 시간은 말할 것도 없고, 체육 시간에도 붙어 다녔고, 조별로 과제를 할 때에도 함께했다.

어느 날 아침 딜란과 슈테판은 학교 앞 벤치에 앉아 있었다. 그 벤치는 원래 아이들 수업이 끝나기를 기다리는 학부모들을 위해 마련된 것이었다. 딜란과 슈테판은 막대기를 가지고 장난을 치고 있었다. 슈테판이 막대기로 딜란의 머리를 때리는 시늉을 하다가 딜란의 머리에 닿기 직전에 막대기를 멈추었다. 재미가 있는지 두 아이는 큰 소리로 웃으면서 장난을 계속했다.

나는 딜란이 나를 기다리지 않고 먼저 학교로 가 버렸던 날 이후로 딜란의 집에 들르는 일을 그만두었다. 대놓고 말하지는 않았어도 딜란의 행동이 무엇을 의미하는지 명백했기 때문이다. 딜란은 "나는 너랑 학교에 같이 가고 싶지 않아."라고 말한 것이나 다름없었다.

하지만 이렇게 마주쳤으니 벤치에 같이 앉아도 괜찮을 것 같았다. 어쩌면 전학 온 첫날에 내가 학교 안 여기저기를 안내해 줬던 일을 딜란이 기억할지도 모른다고 생각했다.

"막대기 좀 줄래?"

딜란이 슈테판에게 말하자 슈테판이 막대기를 건넸다. 딜란은 나에게는 눈길도 주지 않은 채 낄낄거리며 웃었다. 나는 벤치 끄트머리에 앉아 같이 웃었다. 딜란이 왜 웃는지는 몰랐지만 함께 웃는 것이 좋을 것 같았다. 딜란은 막대기를 이리저리 휘둘렀다. 그러더니 나에게 이렇게 요구했다.

"머리를 갖다 대 봐."

머릿속에서 다람쥐가 외쳤다.

"빈센트, 조심해!"

하지만 나는 바보같이 얌전하게 머리를 대 주었다. 나한테 말을 걸어 주었다는 이유만으로 딜란의 요구에 심지어 약간 기쁜 마음도 들었다. 딜란이 큰 소리로 웃으면서 막대기를 위로 치켜들더니 내 머리에 내리쳤다. 하지만 슈테판이 막대기로 딜란의 머리를 때리는 시늉을 하다가 마지막 순간에 멈췄던 것과는 달리 딜란의 막대기는 내 관자놀이를 세게 때렸다. 나는 거센 타격에 흔들거리다가 벤치에서 떨어지고 말았다. 아마도 그때 깜짝 놀란 얼굴로 딜란을 쳐다보았을 것이다.

"내가 말했잖아!"

다람쥐가 고개를 절레절레 흔들며 말했다.

슈테판이 겁먹은 얼굴로 물었다.

"괜찮아?"

딜란은 바지 주머니에 두 손을 넣은 채 태연한 표정으로 옆에 서 있었다. 손에 아무것도 없는 것으로 보아 막대기는 던져 버렸거나 아니면 너무 세게 휘두르는 바람에 손에서 놓친 것 같았다. 딜란은 마치 나에게 아무런 행동도 하지 않은 것처럼 심드렁하게 교정을 바라보았다.

나는 손으로 관자놀이를 누르며 조심스럽게 몸을 일으켜 앉았다. 너무 아팠다. 어찌나 아픈지 한 마디도 할 수 없을 정도였다. 설령 말을 할 수 있었다손 치더라도 무슨 말을 해야 할지 몰랐을 것이다. 나는 충격을 받은 표정으로 딜란의 얼굴을 쳐다보았다. 내가 일어서려고 하자 슈테판이 나에게 손을 내밀었다. 나는 슈테판의 손을 잡았다. 슈테판이 얼굴을 찡그리며 딜란을 불렀다.

"왜?"

딜란이 무뚝뚝하게 대답했다.

"너 때문에 다친 것 같아."

딜란이 몸을 돌리더니 우리 두 사람을 쳐다보았다.

"걔한테서 손 떼! 어떻게 그런 애 손을 잡을 수 있냐? 완전히 구역질 나는 앤데."

그 말을 듣자 머릿속이 하얗게 비었다. 오직 한 가지 생각만 맴돌았다.

'구역질 난다니! 나를 구역질 난다고 생각하는구나!'

슈테판이 무언가 말하려는 듯 입을 벌렸다가 아무 말도 하지 않고 입을 다물더니 잡고 있던 내 손을 놓아 버렸다. 엉거주춤 몸을 일으키던 나는 다시 엉덩방아를 찧고 말았다. 슈테판은 난감한 기색으로 나와 딜란을 번갈아 가며 바라보았다.

딜란이 몸을 돌려 그 자리를 떠나자 슈테판은 잠시 머뭇거리다가 딜란의 뒤를 따라갔다. 멀어져 가던 슈테판이 내가 있는 곳을 돌아보았다. 미안한 표정이었다. 적어도 슈테판은 나에게 고통을 줄 의도는 없었다는 것이 확실했다. 하지만 딜란은 달랐다. 막대기로 내 머리를 치면서 단 한순간도 망설이지 않았다. 나는 딜란이 나한테 무슨 짓이든 할 수 있으리라는 사실을 분명히 깨달았다.

그날 이후 나는 학교에 갈 때마다 복통에 시달렸다.

새로운 짝

오늘도 지각했다. 매일 지각이니 딱히 특별할 것도 없었다. 나는 공원에서 시간을 때우면서 아이들이 학교 건물 안으로 다 들어갈 때까지 기다렸다. 그리고 아이들이 교실에 가서 자리에 앉을 만큼의 시간 동안, 그러니까 안전하다는 판단이 설 때까지 한 5분 정도 더 기다렸다. 그래야만 아이들이 등굣길에서 나를 밀치거나 발로 차는 일을 피할 수 있기 때문이다.

학교까지 남은 길은 전속력을 다해 달려갔다. 그러고는 숨을 헉헉거리며 교실 문을 열었다. 타이히 선생님에게 죄송하다고 중얼거리듯 말한 뒤 재빨리 내 자리에 가서 앉으려는데 선생님 옆에 처음 보는 여자애가 서 있었다.

타이히 선생님이 나를 보며 말했다.

"빈센트, 얼른 자리에 가서 앉으렴. 자클린이 우리 반에 새로 전학을 와서 지금 자기소개를 하려는 참이다."

나는 새로 전학 온 여자애에게 눈을 고정한 채 내 자리로 가서 앉았다. 얼굴은 거의 보이지 않았다. 긴 머리카락이 얼굴을 가리고 있는 데다가 머리에 캡 모자를 깊게 눌러쓰고 후드까지 뒤집어쓰고 있었다. 둘 중 하나만으로는 충분하지 않은 듯 모자에다 후드까지 쓰고 있으니, 영락없이 남자아이처럼 보였다. 거의 무릎에 닿을 정도로 큰 스웨터를 입고 있었는데, 스웨터 앞면에 '서핑'이라는 글자가 적혀 있었다.

자클린이 얼굴을 가린 갈색의 긴 머리카락을 걷어 내자 밝은 파란색의 큰 눈동자가 보였다. 그 눈에 떠오른 표정을 어떻게 말하면 좋을까? 마치 속으로 우리 모두를 비웃고 있는 것처럼 느껴졌다. 그렇게 건방진 느낌을 풍기는 눈빛은 한 번도 본 적이 없었다. 나는 자클린이 마치 화성에서 온 아이라도 되는 것처럼 뚫어져라 쳐다봤다.

자클린이 자기소개를 했다.

"나는 지난 3년간 브라질에서 살았고 그전에는 그리스와 영국에서 살았어. 우리 아빠가 큰 기업의 재무팀 간부라서 해외 근무를 하셨거든. 그래서 나는 영어와 네덜란드어, 그리스어, 포르투갈어를 할 줄 알아."

자클린은 별로 뽐내는 기색도 없이 4개 국어를 할 수 있다는 사실을 담담하게 밝혔다. 아이들은 한 마디라도 놓칠세라 자클린의 입에서 시선을 떼지 않았다.

"아, 그리고 서핑을 아주 잘해. 리오에 살 때 배웠어. 내 이름은 자클린이지만 아무도 그렇게 부르지 않아. 다들 재키라고 불러."

아이들이 수군거리는 소리가 들렸다. 무슨 말을 하는지 잘 들리지는 않았다. 대단하다고 인정하는 말일까, 아니면 조롱하는 말일까? 하지만 자클린은 전혀 신경을 쓰지 않는 것 같았다.

"오빠가 한 명 있는데 벌써 독립해서 따로 살아. 우리 엄마는 리오에 있을 때는 아동 복지관에서 일했는데, 여기로 돌아온 이후에는 일을 안 해. 하루 종일 집에 있으면서 케이크도 굽고 새로운 일자리도 알아보고 있지. 나는 한 번 유급한 적이 있어서 지금 열다섯 살이고, 5월에는 열여섯 살이 돼. 참, 나는 전기 기타를 칠 수 있는데 혹시 너희 중에 음악을 하는 친구가 있다면 함께 밴드를 만들어 연주하고 싶어."

자클린은 반응을 기대하는 듯 아이들을 좌우로 둘러봤다. 하지만 아무도 나서지 않았다. 나는 자클린에 대한 감탄으로 숨이 넘어갈 지경이었다.

자클린의 말이 끝나자 타이히 선생님이 말했다.

"아주 흥미롭구나. 하지만 나는 그냥 자클린이라고 부르겠다."

자클린이 짤막하게 대꾸했다.

"좋으실 대로 하세요."

타이히 선생님은 놀란 표정으로 자클린을 쳐다봤고, 아이들은 킥킥거렸다.

선생님은 잠시 후 "물론이지." 하고는 말을 덧붙였다.

"그럼 이제 자기소개를 마쳤으니 자리를 배정해야겠구나. 빈센트 옆자리가 비었으니 일단 거기 앉도록 하렴."

자클린은 "알겠습니다." 하고 대답한 뒤 다리를 질질 끌며 내쪽을 향해 걸어왔다.

상상 속 동물 친구들이 화들짝 놀랐다.

"좋은 인상을 주어야 해. 알았지?"

다람쥐가 걱정 어린 목소리로 말했다.

몇 초 뒤 재키는 내 옆자리에 앉았다. 나는 긴장한 채 뻣뻣하게 앉아서 가끔 재키를 곁눈질했다. 말을 걸기는커녕 몸을 움직이지도 못했다. 재키는 내가 잔뜩 굳어 있다는 걸 알아차리지 못했다. 절반쯤 감은 눈으로 자기와는 전혀 상관없다는 듯 타이히 선생님의 행동과 반에서 일어나는 일을 무심하게 관찰할 뿐이었다.

우리는 수학여행에서 부를 노래를 연습했다. 재키는 함께 노래를 부르는 대신 자기 책상만 내려다봤다.

노래가 끝나자 내가 물었다.

"너는 왜 같이 부르지 않아?"

재키는 대답은 하지 않고 불쑥 나에게 질문했다.

"레드 핫 칠리 페퍼스(1983년 로스앤젤레스에서 결성된 록 밴드)라는 밴드 아니?"

내가 고개를 젓자 재키가 말했다.

"그 밴드의 노래를 부른다면 나도 같이 부를 거야."

점심시간이 되어 내가 가방에서 도시락 통을 꺼내자 재키가 갑자기 나를 쳐다봤다.

"점심 뭐 싸 왔니?"

"빵이야."

나는 잠긴 목소리로 속삭였다.

재키는 가방을 열어 스시가 담긴 커다란 통을 꺼내면서 중얼거렸다.

"난 빵에 뭐 발라 먹는 걸 별로 좋아하지 않아."

재키가 스시를 책상 한가운데 놓더니 물었다.

"너도 좀 먹을래?"

우리는 스시를 함께 먹었다. 나는 재키의 팔이나 손을 건드릴까 봐 겁이 났다. 그래서 재키가 스시 하나를 집어 든 다음에야 조심스럽게 한 개를 집어 먹었다. 스시를 먹는 동안 나는 재키가 어떤 걸 가장 좋아하는지 알아내려고 애썼다. 그리고 그걸 빼놓고 먹었다.

재키가 물었다.

"맛있니?"

나는 말없이 고개를 끄덕였다.

재키가 내 도시락 통을 쳐다보고 있었다.

"좀 먹어 보라고 권해 봐!"

지렁이가 내 귀에 대고 큰 소리로 명령했다.

나는 쭈뼛거리며 물었다.

"빵 좀 먹어 볼래?"

"뭐 발랐는데?"

"치즈."

재키는 선뜻 먹겠다고 하더니 2분도 안 되어 빵 세 개를 먹어 치웠다.

이번에는 내가 물었다.

"맛있니?"

재키는 대답 대신 "흠흠." 소리만 냈다. 내 생각에 맛있다는 뜻인 것 같았다.

점심을 다 먹고 나서 나는 밖에 나가지 않고 교실 안에 머물 핑곗거리를 찾았다. 타이히 선생님한테 다가가 엄지발가락이 아직 다 낫지 않았다고 말했다. 하지만 선생님은 들은 척도 하지 않고 단호하게 말했다.

"발가락이 부러졌어도 신선한 공기를 쐬는 건 얼마든지 할 수 있으니 어서 밖으로 나가렴."

잠시 후 나는 교정으로 나가 내가 항상 서 있는 장소로 갔다. 자전거 거치대 뒤쪽이었다. 나는 아이들의 눈에 띄지 않기 위해 최대한 움직이지 않았다. 그리고 가끔씩 조심스럽게 고개를 꺾어 다른 아이들이 무얼 하는지 살펴봤다.

반 아이들이 재키의 주위를 벌 떼처럼 둘러싸고 온갖 질문을 던졌다. 브라질에 대해서 궁금해하기도 하고 집이 부자인지 묻기도 했다. 왜 모자를 쓰고 있는지 묻는 아이도 있었다. 거리가 떨어져 있어서 다 들리는 것은 아니지만 재키가 정말 쿨한 성격이라는 건 분명히 알 수 있었다. 심지어 딜런조차 재키에게 말을 걸었다.

점심시간이 끝나고 자리로 돌아온 재키가 내 눈을 똑바로 보더니 물었다.

"대체 어디 있었니?"

나는 대답을 망설였다.

"음……."

"여기저기 너 찾으러 다녔는데 안 보이더라."

나는 놀라서 재키를 바라봤다. 나를 찾아다녔다고? 그럴 리가 없을 텐데…….

나는 작은 목소리로 물었다.

"왜?"

내 동물 친구들이 숨을 죽였다.

재키는 미간을 찡그리면서 나를 봤다.

"바보 같은 질문이네. 당연히 너랑 더 친해지고 싶어서 그랬지."

원래 계획대로

수업이 끝나고 종이 울리자마자 나는 교실 밖으로 뛰쳐나왔다. 하지만 얼마 지나지 않아서 아이들에게 붙잡히고 말았다. 아이들은 내 가방을 잡아챈 뒤 내 물병과 도시락 통으로 던지기 놀이를 했다. 낄낄 웃지도 않고 평소보다 훨씬 더 거칠게 행동했다.

딜란이 내 도시락 통을 바닥에 내려놓더니 온 힘을 다해 밟았다. 플라스틱 통이 산산조각이 나고 말았다.

내 동물 친구들이 입을 모아 탄식했다.

"아!"

슈테판이 내 머리를 잡아당겼다. 그 바람에 내가 뒤로 넘어지자 아이들은 내 신발을 벗겨 덤불 안으로 집어던졌다.

내 동물 친구들이 비명을 질렀다.

"아, 안 돼!"

나는 겁에 질려 힘겹게 몸을 일으켰다.

"내가 웃기는 얘기 하나 해 줄까?"

망아지가 쫓기는 듯한 목소리로 물었다.

지렁이가 신경질적인 웃음을 터뜨렸다.

나는 "아니." 하고 중얼거렸다. 지금은 웃기는 얘기 같은 건 생각도 할 수 없었다.

망아지는 내 대답에 아랑곳하지 않고 물었다.

"보지 않고도 나무에 참새가 앉아 있다는 걸 어떻게 알까?"

네 마리 동물 친구, 망아지와 지렁이, 딱정벌레, 그리고 다람쥐가 기대하는 표정으로 나를 쳐다봤다. 나는 모르겠다는 듯 어깨를 으쓱했다.

"짹짹!"

넷은 동시에 큰 소리로 외치더니 웃음을 참지 못하고 보도를 데굴데굴 굴렀다.

"하하."

나는 마지못해 웃는 시늉을 했다. 정말 한심한 이야기였다.

갑자기 망아지가 정색을 하더니 물었다.

"애들 갔니?"

나는 주위를 둘러봤다. 다행히 아이들은 보이지 않았다.

지렁이가 큰 소리로 외쳤다.

"어서 신발을 찾아. 그래야 집으로 갈 수 있어."

나는 알았다고 대답했다. 지렁이는 항상 집으로 가고 싶어 했다. 그럴 수만 있다면 나도 영영 학교에 가지 않을 것이다.

나는 산산조각이 나서 이제는 형체도 알아볼 수 없는 도시락통 부스러기들을 주워 모아 가장 먼저 보이는 쓰레기통에 버렸다. 어차피 완전히 부서져 버린 마당에 챙겨 갈 필요가 없었다. 게다가 스시를 먹을 수 있으니 도시락 통은 없어도 된다. 무엇보다 부서진 도시락 통을 집에 가져가면 왜 그렇게 됐는지 설명해야 할 텐데 그러면 거짓말을 할 수밖에 없다. 거짓말을 하기 싫어서가 아니다. 이미 거짓말을 너무나 많이 해서 더 이상 거짓말을 하다간 들통 날 위험이 있기 때문이다. 거짓말을 들키지 않으려면 그동안 해 왔던 거짓말들을 모두 잘 기억하고 있어야 한다.

그래서 나는 도시락 통을 잃어버렸다고 말하기로 결정했다. 어떤 의미에서는 맞는 말이기도 했다.

갑자기 집에 빨리 가고 싶어졌다. 가능한 한 빨리 샤를로테 누나한테 가고 싶었다. 나는 신발을 찾기 위해 덤불을 뒤졌다. 얼마 지나지 않아 가시덤불 한가운데에서 오른쪽 신발을, 그리고 그 아래 진흙땅에서 왼쪽 신발을 찾았다. 나는 신발을 신느라 지체하는 대신 양말만 신은 채 집으로 뛰어갔다.

망아지가 소리쳤다.

"빈센트, 달려!"

딱정벌레는 떨어지지 않으려고 내 옷깃에 찰싹 달라붙었다.

나는 달음박질쳤다. 이상하게도 기분이 좋았다. 하루 중 가장 끔찍한 시간이 이미 지나갔다. 재키와 함께 스시를 먹었고, 재키는 나랑 더 친해지고 싶다고 했다. 나는 양말만 신고 쏜살같이 거리를 달렸다. 중간중간 풀쩍 뛰어오르기도 했다. 올림픽 경기에 출전하기 위해 연습하는 육상 선수처럼 잠시도 멈추지 않았다. 우리 반에 새로 전학 온 여자애가 있는데 내 옆자리에 앉았다. 나랑 점심을 나눠 먹었다. 지어낸 이야기가 아니라 실제로 일어난 일이고, 이제 곧 샤를로테 누나한테 다 말해 줄 것이다.

나는 집에 도착하자마자 현관문을 힘껏 열어젖히고 들어가 걸치고 있던 점퍼를 벗어 바닥에 팽개친 후 거실로 들어갔다.

"너 얼굴이 왜 그러니?"

샤를로테 누나가 물었다.

"드럼 배울래."

나는 숨이 차 헉헉거리면서 말했다.

누나가 놀란 얼굴로 물었다.

"갑자기 왜?"

나는 누나에게 오늘 일어났던 일을 전부 다 얘기해 주었다. 누나가 미소를 지으며 말했다.

"여자아이라니, 누가 생각이나 했겠니?"

"여자애인 게 중요한 게 아니야."

나는 누나의 반응에 신경이 쓰여서 날카롭게 대꾸했다.

"걔는 그냥 여자애가 아니야. 물론 여자애이긴 하지만 그것보다는 내 친구라니까. 아니, 어쩌면 아직 친구가 아닌지도 모르지만 나는 그 애와 친구가 되었으면 정말 좋겠어. 알아들었어?"

누나한테 말을 하는 동안 재키와 친구가 되기를 내가 얼마나 간절하게 바라고 있는지 새삼스럽게 깨달았다.

"그래, 이해해. 걔는 이름이 뭐니?"

누나가 고개를 끄덕이며 물었다.

"재키야."

나는 의기양양하게 대답했다.

"재키."

누나가 내 말을 반복했다. 누나의 음성에 감탄이 서려 있었다.

나는 수학여행 준비물을 마저 챙겨야 한다는 걸 잊어버리고 누나와 함께 노트북으로 재키가 좋아한다는 록 밴드 레드 핫 칠리 페퍼스의 노래를 들었다. 〈다리 아래에서〉라는 노래가 특히 마음에 들었다. 누나가 그 노래의 가사를 번역해 주었다.

내가 살고 있는 곳은 천사들의 도시. 나는 종종 이 도시가 내 유일한 친구인 것 같아. 너무 외로워 우리는 함께 눈물을 흘리지.

영어로 들으면 더 아름다웠다.

Sometimes I feel like my only friend is the city I live in, the city of angels, lonely as I am, together we cry.

재키도 이 노래를 알 것이다. 재키는 레드 핫 칠리 페퍼스의 노래를 전부 알고 있다고 했다.

샤를로테 누나와 나는 근처에서 드럼을 배울 수 있는 곳을 찾아보았다. 그리고 전화를 걸어 레슨을 한번 받아 보기로 약속을 잡았다. 부모님도 허락해 주실 게 틀림없었다.

마음속 깊은 곳 어디선가 망아지가 외치는 소리가 들렸다.

"딴 일에 정신이 팔려서 계획한 일을 잊으면 절대로 안 돼!"

원래 계획대로 할 것! 계획을 세운 후 그것을 반드시 실행해야 한다!

이것이 바로 《서바이벌 핸드북》에서 강조하는 첫 번째 규칙이다. 내 일정표에 적은 오늘의 계획은 다음과 같았다.

수학여행 가서 머무는 장소의 주소를 알아낼 것. 구글 맵으로 주변을 조사할 것. 고도의 차이에 주의를 기울일 것. 예상되는 날씨에 대비하여 준비물을 챙길 것. 강과 시내, 호수의 위치를 정확하게 파악할 것. 눈에 띄는 지형을 일지에 기록할 것. 일출과 일몰 시각을 확인할 것.

망아지의 경고에도 불구하고 나는 원래 계획대로 하지 않았다. 이런 기분을 느껴 본 지가 아주 오래되었기 때문에 하려던 일을 다 제쳐 놓고 행복감에 젖어 있었다.

수학여행
5일 전

잠잘 곳이 없는데 악천후의 기습을 받는다면
끔찍한 일이 일어날 수 있다.

악천후가 임박했음을 무엇보다도 먼저 알려 주는
것은 동물들의 행동이다. 제비는 평소보다 훨씬 낮
게 날고 다람쥐는 많은 양의 식량을 보금자리로 옮
기느라 갑자기 분주하게 움직인다. 작은 동물들은
땅속으로 숨고 물고기들은 호수 바닥에서 헤엄친
다. 새들의 지저귐 소리도 멈춘다. 천둥과 번개를
동반하는 비가 내리기 직전에는 나무와 꽃을 비롯
한 식물들의 향이 강해진다. 빗물을 흡수할 준비를
하는 것이다.

공원에서의 약속

다음 날 아침에도 내 기분은 여전히 좋았다. 하지만 학교로 걸어 가는 동안 점점 불안감이 커졌다. 재키를 보고 싶은 마음은 굴뚝 같았지만 학교에 가는 것이 무섭기도 했다.

나는 다른 날처럼 종이 울릴 때까지 공원에서 기다렸다. 빗방 울이 부슬부슬 떨어지고 날이 추웠다. 내 동물 친구들은 기다리고 싶어 하지 않았다. 하지만 나는 더 이상 늦출 수 없을 때까지 기다 렸다가 학교로 달려갔다. 아이들은 벌써 모두 교실 안에 자리 잡고 앉아 있었다.

"너는 항상 지각하니?"

내가 자리에 앉자 옆자리에 앉은 재키가 작은 소리로 물었다.

나는 고개를 끄덕거렸다.

"항상 지각했던 남자에 관한 웃기는 이야기가 있는데, 혹시 알고 있니?"

망아지가 내 귀에 대고 속삭였다.

나는 오늘따라 유난히 말이 많은 동물 친구들을 무시하려고
애썼다.

재키가 무척 궁금하다는 얼굴로 물었다.

"왜 늘 지각하는 거니?"

지렁이가 얼른 나섰다.

"나 때문이야. 내가 늘 꾸무럭거리거든."

나는 대답 대신 어깨를 으쓱했다. 재키에게 지렁이가 한 말을
전해 줄 수는 없는 노릇이었다.

"왜 매일 지각하는데?"

재키가 대답을 재촉했다.

"항상 공원을 가로질러 오거든."

나는 짤막하게 대꾸를 하면서 머릿속으로 적당한 핑계를 필사
적으로 찾았다. 하지만 아무것도 떠오르지 않았다.

"그래서?"

재키는 여전히 나를 빤히 쳐다보고 있었다.

나는 얼른 말했다.

"공원에서 서바이벌 훈련을 해."

거짓말은 아니었다. 그리고 서바이벌은 내가 가장 좋아하는 주
제이기도 했다.

재키가 궁금해하며 물었다.

"어떻게 하는데?"

"나는 집에서 절대로 아침을 안 먹어. 어떤 식물을 먹을 수 있는지, 어떤 식물에 독이 있는지 머릿속에 새긴 다음에 공원에서 항상 아침 식사를 해결해."

재키가 놀란 얼굴로 물었다.

"공원에서 식물을 먹는단 말이야?"

"응. 자연에서 발견할 수 있는 산딸기나 알뿌리, 이파리 같은 것들을 먹어."

재키가 다시 물었다.

"맛있니?"

나는 "항상 그렇지는 않아." 하고 고백했다.

"위험하진 않아?"

나는 잠시 주저하다가 결국 이렇게 말했다.

"무언지 정확하게 알고 있는 한 괜찮아."

망아지가 내 귀에 대고 외쳤다.

"허풍쟁이!"

그 순간 재키가 다시 물어왔다.

"넌 알고 있다는 뜻이야?"

나는 최대한 무덤덤한 표정을 지으며 대답했다.

"지금까지 살아 있는 걸 보면 모르겠어?"

다람쥐가 방긋 웃으며 말했다.

"대답 잘하네."

재키는 만족스러운 얼굴로 "대단하다!" 하고 중얼거리더니 한마디 덧붙였다.

"다음번에 나도 같이 가도 되니?"

나는 재키를 바라보며 활짝 미소를 지었다. 입꼬리가 귀에 걸리는 것 같았다.

나는 재키에게 "물론." 하고 대답한 뒤에 다짐하듯 다시 한번 말했다.

"물론이야."

수업이 시작되었다. 나는 마음속으로 환호성을 질렀다.

'재키와 함께 공원에 간다! 진짜다! 재키랑 내가 공원에 같이 간다!'

점심시간이 되자 재키가 또 스시 도시락을 꺼냈다.

나는 재키에게 물었다.

"매일 스시를 먹는 거야?"

재키가 대답했다.

"응. 너도 먹을래?"

나는 고개를 끄덕였다.

재키가 스시 위에 소스를 끼얹었다. 나는 생강 절임을 둘로 나누어 놓았다. 우리는 함께 스시를 먹기 시작했다. 나는 재키가 좋아하는 연어에는 손을 대지 않았다. 그리고 참깨 드레싱을 뿌린 아보카도는 남김없이 먹어 치웠다.

나는 재키에게 드럼을 배우기로 했다고 말해 주었다. 그러자 재키가 흐뭇한 표정으로 "흐음." 소리를 냈다. 재키는 음식을 먹을 때는 절대로 말을 하지 않았다. 콧소리로 대답을 대신하는데, 얼굴 표정을 보니 내가 드럼을 배우기로 했다는 소식을 기뻐한다는 걸 알 수 있었다.

다른 아이들이 나를 주시하는 느낌이 들어 나는 조심스럽게 주위를 둘러보았다. 내 동물 친구들은 주먹으로 입을 틀어막고 킥킥거리는 중이었다. 내가 재키와 친해지는 걸 다른 아이들은 달갑게 여기지 않을 것이다. 나는 그 사실을 알고 있었고 내심 걱정이 되었다.

하지만 곁눈질로 재키를 슬쩍 보면서 그래도 상관없다고 생각했다. 재키와 친구가 될 수만 있다면 다른 아이들의 미움을 사는 것쯤은 얼마든지 감수할 각오가 되어 있었다. 사실 따지고 보면 내가 잃을 게 뭐가 있을까? 오히려 얻을 것만 있을 따름이다.

점심 식사 후 쉬는 시간에 나는 나만의 장소에 숨는 대신 그냥 재키 옆에 서 있기로 했다. 넓은 교정 한복판에 재키와 함께 서 있었다. 재키가 내 어깨에 팔을 올리고 나를 보며 웃어 주었다. 나는 뻣뻣하게 긴장한 채 똑바로 서서 다른 아이들이 나를 쳐다보는 것을 살폈다.

내 동물 친구들은 안 보였다. 아마도 지렁이는 어딘가 땅속으로 기어 들어갔을 테고 다람쥐는 나뭇가지에 앉아 앞발로 얼굴을 가리고 있을 것이다.

아이들이 다가와 재키를 에워쌌다. 다들 재키와 말을 하고 싶어 했다. 새로 전학 온 아이인 데다 4개 국어를 하고, 서핑을 할 수 있는 아이니까.

"포르투갈어로 아무 말이라도 해 봐!"

누군가 요청했다.

재키가 뭐라고 말을 했다. 꼭 술 취한 꿀벌같이 붕붕거리고 노랫가락처럼 리듬이 있는 소리였다. 포르투갈어의 낯선 울림에 아이들이 웃었다. 물론 비웃는 것은 결코 아니었다.

교실로 돌아와 자리에 앉자마자 재키가 나에게 작은 목소리로 물었다.

"내가 뭐라고 했는지 아니?"

나는 고개를 가로저었다.

"애들한테 그렇게 멍청한 얼굴로 나를 쳐다볼 게 아니라 직접 외국어를 하나 배우는 게 어떻겠냐고 했어. 외국어를 할 줄 안다는 게 뭐 그리 대단한 일이라고!"

용기를 내서 다시 나타난 내 동물 친구들이 큰 소리로 웃었다. 하지만 나는 재키의 말을 선뜻 믿을 수가 없었다. 정말 다른 아이들을 모두 바보 취급했다는 말일까?

재키가 다시 물었다.

"내일 아침에 공원에서 만나는 거지?"

"그래."

"어떤 식물이 먹을 수 있는 건지 가르쳐 줄 거야?"

나는 고개를 끄덕인 후 먹을 수 있는 뿌리에 대하여 말해 주고, 꽃들 가운데 데이지와 화란냉이, 쐐기풀, 민들레는 먹어도 된다고 알려 주었다. 재키는 내 입술에서 눈을 떼지 않았다. 내가 하는 말을 듣고 싶어 하는 누군가를 드디어 만났다. 나는 재키에게 약속했다.

"내가 다 알려 줄게."

재키가 물었다.

"그럼 우리 둘 다 지각하는 거네?"

나는 빙그레 웃으며 대답했다.

"당연하지."

내 동물 친구들이 합창을 했다.

"만세!"

재키가 만족스러운 얼굴로 싱긋 웃었다.

그다음에 우리는 수학여행에서 할 일을 준비했다. 재키와 나는 장기 자랑 시간에 함께 나가기로 했다. 우리 둘이만 나가기로 했다. 우리 말고 레드 핫 칠리 페퍼스 노래를 좋아하는 아이가 한 명도 없었기 때문이다. 우리는 진짜 근사한 곡을 선택할 생각이다. 수업이 끝나고 집에 갈 시간이 되었을 때 재키가 속삭였다.

"내일 보자."

나도 속삭였다.

"8시에?"

"8시 15분 전에."

나는 "접수."라고 대답했다. 그 말이 무척 멋있게 들려서 꼭 써 보고 싶었기 때문이다.

"접수."

동물 친구들이 내 말을 따라 했다. 그리고 나처럼 쿨한 표정을 지으려고 애썼다.

드럼 레슨

오늘은 서두르지 않았다. 학교를 마치는 종이 울리자마자 교실 밖으로 뛰쳐나가지도 않았다. 나는 여유 있는 동작으로 내 가방을 챙기고 겉옷을 걸쳐 입었다. 불안하게 주변을 두리번거리는 일 없이 계단을 내려가 누구의 시선도 신경 쓰지 않는다는 듯이 교정을 가로질러 걸어갔다. 내가 다니는 학교의 교정이기도 하니까. 어쩌면 나에게도 드디어 진짜 친구가 생겼을지도 모른다는 생각이 머릿속을 꽉 채우고 있어서 서둘러야겠다는 생각이 떠오를 여지도 없었다.

　나는 아이들이 내 도시락 통을 빼앗아 항상 던져 넣곤 했던 쓰레기통 옆을 지나갔다. 나에게는 이제 도시락 통이 없었다. 그리고 당분간 도시락 통을 가지고 다니지 않을 생각이었다. 쓰레기통을 뒤로하고 우리 집이 있는 거리로 접어들었을 때에야 비로소 나는 아무 일도 일어나지 않았다는 걸 깨달았다. 진짜 아무 일도!

나는 현관문을 열고 안으로 달려 들어갔다. 샤를로테 누나가 벌써 입구로 나와 나를 기다리고 있었다.

누나는 걱정스러운 얼굴로 말했다.

"이리 와 봐."

"애들이 오늘은 나 안 때렸어."

나는 우리 집이 있는 거리로 들어서면서부터 내내 얼굴에 떠올랐던 의기양양한 미소를 지울 수가 없었다.

"안 때렸다고?"

"응. 길에 없더라고."

누나는 안도하는 얼굴로 나를 쳐다봤다.

"아마 지금까지 괴롭힌 걸로 충분하다고 생각했나 보다."

"재키는 이제 내 친구야."

누나한테 자랑을 하는 동안 온몸이 따뜻해지는 기분이었다.

"재키는 정말 쿨한 아이야. 장기 자랑 시간에 같이 나가기로 했어. 그리고 내일 아침에 만나기로 약속했고."

샤를로테 누나가 나를 껴안아 주었다. 우리는 복도에서 함께 우스꽝스러운 펭귄 춤을 추었다. 망아지의 흥겨운 말발굽 소리가 마룻바닥을 울리고, 지렁이는 옷장 구석에서 흐뭇하게 허밍으로 장단을 맞추었다.

"잘했어!"

누나가 큰 소리로 외치며 주먹을 쥔 두 손을 치켜들었다.

"드디어 해낸 거야!"

머릿속 어디선가 작은 목소리가 그래도 계획을 잊으면 안 된다고 자꾸 속삭였다. 하지만 나는 그 소리를 무시하고 샤를로테 누나와 함께 드럼 체험 레슨을 받으러 가기로 했다. 우리는 자전거를 타고 시내로 갔다. 누나는 나를 커다란 건물 3층에 있는 방으로 데려갔다. 수염을 기르고 헤비메탈 셔츠를 걸친 남자가 우리를 맞았다. 이름이 알베르트라고 했다. 샤를로테 누나는 나를 남겨 두고 모퉁이에 있는 카페로 과제를 하러 갔다.

알베르트가 물었다.

"왜 하필이면 드럼을 배울 생각을 했지?"

나는 대답했다.

"제가 우리 반에서 가장 조용한 학생이거든요."

말을 하자마자 참으로 엉뚱한 대답이 아닐까 하는 생각이 들었지만 알베르트는 웃음을 터뜨리며 말했다.

"완벽한 이유로구나. 계속 그렇게 둘 순 없지."

알베르트가 나에게 드럼 스틱 두 개를 리듬에 맞춰 두드리는 법을 알려 주었다. 처음에는 책상에 대고 하다가 나중에는 직접 드럼을 두드렸다.

"더 크게!"

알베르트가 나에게 더 힘껏 치라고 요구했다.

"어서!"

나는 얼굴이 빨개질 때까지 드럼을 두드렸다.

"드럼을 연주하는 건 기록 향상을 위한 스포츠와 같단다."

알베르트는 이렇게 말하더니 땀을 뚝뚝 흘리며 연주하는 드러머가 나오는 짧은 영화를 보여 주었다.

딱정벌레가 "우엑!" 소리를 냈지만 나에게는 그 드러머가 근사해 보였다.

나는 알베르트에게 물었다.

"드럼을 열심히 치면 힘도 세지나요?"

"당연하지."

알베르트는 대답과 함께 자기의 근육을 보여 주었다.

시험 삼아 배워 보기로 했는데 그 시간이 끝나자마자 나는 드럼을 정식으로 배우고 싶다고 말했다. 물론 부모님 허락을 받아야 하지만 분명 허락해 줄 거라는 말도 덧붙였다. 우리는 수학여행을 다녀온 다음에 정식 레슨을 시작하기로 했다.

자전거를 타고 집으로 돌아오는 길에 나는 샤를로테 누나에게 알베르트가 한 말을 들려주었다. 알베르트는 나에게 재능이 있는 것 같다고, 어쩌면 유명해질지도 모른다고 말했다. 정말로 간절하게 바라는 것이 있다면 그것은 곧 이루어진 것이나 다름없기 때문이라고 했다.

누나가 엄지손가락을 치켜세웠다. 동물 친구들도 내 말을 비웃지 않았다.

집에 도착한 후 나는 수학여행 준비물을 마저 챙겨야 했지만 그렇게 하지 않았다. 원래 계획대로라면 오늘 나는 수학여행 갈 때 필요한 옷과 신발을 골라야 했다. 방수 기능이 있고 통풍이 잘되는 옷과 두꺼운 양말, 그리고 편안한 신발을 미리 챙겨 놓아야 하는데, 나는 시작도 하지 않았다.

동물 친구들은 오늘따라 유난히 조용했다. 여느 때라면 경고의 말을 멈추지 않는 망아지도 잠잠했다. 나는 팔 굽혀 펴기 하는 것도 잊어버렸다. 잠시도 긴장을 늦춰서는 안 된다는 사실을 알고 있으면서도 어느새 마음이 풀어져 있었다. 모든 일이 순조롭다고 생각할 때 오히려 일이 완전히 잘못되는 경우가 있기 때문에 항상 정신을 똑바로 차려야 하는데······.

절대로 적을 믿지 마라

딜란이 나에게 갑자기 친절하게 구는 일이 가끔 있었다. 작년에도 그런 일이 있었다. 한번은 딜란과 쇼핑센터에서 우연히 마주쳤다.

딜란이 "안녕!" 하고 인사를 건넸다. 나는 혹시 다른 아이한테 하는 말은 아닌지 확인하려고 주변을 둘러보았다.

"너, 귀먹었냐?"

딜란은 웃으면서 다시 소리쳤다.

"나 말이야?"

나는 머뭇거리며 물었다.

"그럼 너지, 누구겠냐?"

나는 딜란을 향해 몇 걸음 다가갔다.

딜란이 물었다.

"어디 가는 건데?"

"도서관에."

딜란이 다시 물었다.

"과자 사러 갈 건데 너도 뭐 먹을래?"

나는 조심스럽게 고개를 끄덕였다. 물론 나도 과자를 먹고 싶었다. 하지만 왜 느닷없이 나한테 과자를 사 준다고 하는 건지 의심이 들었다. 혹시 내가 따라가면 골탕을 먹이려는 건 아닐까? 다리를 걸어 넘어뜨린 뒤 등 뒤로 손을 꺾고 얼굴을 바닥에 처박거나 덤불로 끌고 가려는 건 아닐까?

우리는 함께 담배 가게로 갔다. 담배 가게라고는 하지만 담배는 거의 팔지 않고 초콜릿을 비롯한 온갖 과자류, 우표, 장난감, 스크래치 카드와 잡지를 파는 가게였다.

내 머릿속에서 동물 친구들이 조심하라고 외쳤다. 다람쥐는 코를 벌름거리고 망아지는 두 귀를 머리 양옆으로 바짝 붙였다.

하지만 아무 일도 일어나지 않았다. 나는 영문을 알 수가 없어서 어리둥절했다. 딜란은 나에게 다리를 걸지 않았다. 그냥 내 옆에서 조용히 걸어가다가 가게 안에 들어가서는 나에게 어떤 과자를 가장 좋아하냐고 물었을 뿐이다. 내 과자 봉지 안에 젤리빈(콩 모양의 조그마한 젤리 과자)을 한 움큼 넣어 주기도 했다. 나는 놀란 얼굴로 딜란의 행동을 지켜보았다.

가게 밖으로 나온 딜란과 나는 낮은 담벼락에 사이좋게 앉아 과자를 먹었다. 딜란은 나를 괴롭히는 어떤 짓도 하지 않았다. 아니, 오히려 반대였다. 나를 향해 웃어 주기도 하고 담임선생님인 디스텔마이어 선생님을 어떻게 생각하는지 묻기도 했다. 나는 디스텔마이어 선생님이 친절하긴 하지만 좀 힘이 없어 보인다고 말했다.

딜란이 내 말에 큰 소리로 대꾸했다.

"힘이 없어 보인다고? 그야말로 무기력증 환자 같지. 걸어 다니는 좀비라니까."

우리는 동시에 웃음을 터뜨렸다. 딜란과 내가 함께 웃다니! 나는 안도감으로 마음이 환해지는 기분이었다. 앞으로는 모든 게 달라질 것이라고 믿었다.

다음 날 아침 나는 혼자서 학교에 갔다. 전날 그런 일이 있었다고 해서 딜란과 바로 다시 친구가 된다고 기대하는 것은 어리석은 생각이라는 걸 분명하게 알고 있었기 때문이다.

그날 수업 시간에 나는 서바이벌에 대하여 발표를 하기로 되어 있었다. 엄마의 도움을 받아 파워포인트로 발표 자료를 준비해서 USB에 저장해 왔다. 나는 발표 전에 미리 USB를 책상 위에 올려놓았다. 옆에는 영국 특수부대 출신인 존 로프티 와이즈만이 쓴 책 《SAS 서바이벌 가이드》가 놓여 있었다. 서바이벌에 관한 다른 책들도 읽었지만 그 책이 가장 마음에 들었다. 적어도 열두 번 이상 읽었다. 물론 그렇게 여러 번 읽었다는 사실은 샤를로테 누나를 빼고는 아무한테도 털어놓지 않았다. 비정상적으로 보일 수도 있다고 생각했기 때문이다.

서바이벌 키트는 책상 아래 내려놓았다. 발표가 순조롭게 진행

된다면 서바이벌 키트의 내용물을 아이들에게 보여 줄 생각이었다. 그 당시는 서바이벌 키트 안에 필요한 물건들이 모두 갖추어져 있지는 않았지만 아이들이 감탄할 만한 것들이 제법 있었다. 나는 발표 준비를 마치고 나서 잠깐 밖으로 나갔다. 어울려 놀고 있는 아이들이 나를 끼워 줄지도 모른다고 생각했다. 하지만 딜란과 슈테판은 교정 어디에도 보이지 않았다.

쉬는 시간이 끝나 교실로 돌아오니 책상 위의 물건들이 내가 두었던 위치에 그대로 놓여 있었다. 아이들이 모두 자리에 앉자 나는 준비한 물건들을 챙겨 앞으로 나갔다. 그리고 디스텔마이어 선생님의 컴퓨터에 USB를 꽂았다. 나는 파워포인트의 시작을 알리는 화면이 나오는지 확인하려고 모니터를 보았다. 하지만 화면에는 아무것도 뜨지 않았다. 잠시 기다려 보았지만 여전히 아무것도 나타나지 않자 나는 USB를 뽑았다가 다시 힘껏 꽂아 넣었다. 아침에 엄마 컴퓨터로 확인을 했을 때는 전혀 문제가 없었다. 나는 당황해서 마우스로 클릭을 계속 했다. 그러나 모니터에는 여전히 내가 준비한 파워포인트 자료가 나타나지 않았다. 진땀이 나기 시작했다. 아이들이 웅성거리는 소리가 점점 더 커졌다.

내가 쩔쩔매는 것을 보다 못한 디스텔마이어 선생님이 나섰다.

"내가 한번 해 보마."

"제대로 저장을 한 거 맞아?"

망아지가 물었다.

"빈센트가 하는 일이 그렇지, 뭐."

다람쥐가 그럴 줄 알았다는 듯 코웃음을 쳤다.

선생님이 해 봐도 되지 않았다. 나는 선생님이 이것저것 방법을 찾으려고 애쓰는 동안 우두커니 옆에 서 있었다. 아이들이 숙덕거리며 내 이야기를 하는 것이 들렸다. 나를 빤히 쳐다보는 것이 보였다. 서로 눈길을 주고받는 것도 보였다. 손이 축축해지고 뺨이 달아올랐다. 그 자리에서 당장 내 물건들을 챙겨 집으로 가고 싶은 마음뿐이었다. 몇 달 전에 샤를로테 누나가 조퇴를 양해해 달라는 편지를 몇 장 써 준 적이 있었다. 편지에는 이렇게 쓰여 있었다.

빈센트가 치과에 가야 하니 정오에 학교를 떠날 수 있도록 허락해 주시기 바랍니다.

그 편지들은 이미 다 써 버렸다. 더 써 달라고 부탁했지만 누나는 1년에 다섯 번이나 치과에 가는 아이가 어디 있냐면서 더 이상 써 주지 않았다. 어차피 편지도 없었지만 설령 그런 편지가 있다 해도 발표 중간에 치과 예약이 있다면서 발표를 중단한다는 건 말도 안 되는 일이다.

선생님이 결국 "파워포인트 없이 해도 되겠니?" 하고 물었다. 나는 고개를 흔들었다. 나는 여러 가지 종류의 매듭을 보여 주는 삽화와 숲에서 나뭇가지를 엮어 잠자리를 만드는 방법을 소개하는 그림, 모르스 부호표와 먹을 수 있는 식물의 사진 등을 파워포인트 자료로 준비했었다. 그것들 없이는 발표가 불가능했다.

"우리한테 얘기해 줄 다른 것은 없니?"

선생님이 다시 물었다.

그때 내 서바이벌 키트에 대해서 설명하면 어떨까 하는 생각이 들었다. 나는 잠깐 머뭇거렸지만 어차피 달리 떠오르는 것이 없었기에 아이들에게 서바이벌 키트를 보여 주기로 했다.

"있어요. 그런데 제 자리에 가서 가져와야 해요."

"그렇게 하렴."

나는 자리로 와서 서바이벌 키트를 들고 다시 앞으로 갔다.

"이제 발표를 시작할게요."

내 말이 끝나기가 무섭게 아이들이 웃기 시작했다.

아이들은 나를 보기만 해도 웃긴가 싶었다. 나는 아이들의 웃음소리가 잦아들 때까지 참을성 있게 기다렸다.

"신경 쓰지 마."

딱정벌레가 속삭였다.

나는 헛기침을 한 다음 입을 열었다.

"지금부터 야생에서 고립되었을 때 생존하는 법에 관하여 몇 가지 얘기하려고 합니다."

서바이벌은 아주 심각한 주제인데도 불구하고 다시 웃음소리가 들렸다. 나는 아래를 내려다보며 발표 시간에 무슨 말을 하려고 했었는지 기억해 내려고 애썼다. 전날 부모님 앞에서 미리 연습을 해 보았는데 부모님은 훌륭하다고 칭찬했다.

갑자기 발표 첫머리에 하려고 했던 말이 기억났다.

"언제라도 여러분은 정글이나 사막, 바다 한가운데 혹은 홍수로 물에 잠긴 곳에 고립되어 생존을 건 싸움을 해야 하는 상황에 처할 수도 있습니다. 물론 상상하기 힘들 것입니다. 하지만 자동차나 비행기 또는 보트를 이용해 여행을 하는 사람이라면 누구에게나 그런 재난은 닥칠 수 있습니다. 심지어는 집에 있던 사람이라도 집 안에 갇히거나 지붕 혹은 지하실로 대피해야 하는 상황에 처할 수도 있습니다."

아이들이 또 웃었다. 나는 딜란도 웃고 있는지 확인하려고 딜란의 자리를 보았다. 하지만 딜란과 슈테판은 다른 아이들과는 달리 아주 진지한 표정으로 흥미 있다는 듯이 내 말을 듣고 있었다.

나는 서바이벌 키트를 열어 내가 모아 온 물건들을 보여 주는 것이 좋겠다고 생각했다. 키트 안에는 스위스 군용 칼, 방수 처리가 된 성냥개비들과 성냥갑에서 성냥을 긋는 부분만 잘라 내 비닐봉지에 담은 것, 몸통을 깎아 홀쭉하게 만든 양초, 상처가 났을 때 붙일 일회용 밴드와 진통제, 부싯돌과 돋보기가 들어 있었다.

하지만 서바이벌 키트 통이 열리지 않았다. 아무리 힘을 주어 잡아당기고 흔들어도 꽉 닫힌 채 열릴 기미가 안 보였다. 통 뚜껑 가장자리 틈새에 손톱 끝을 넣어 보려고 애쓰는 동안 식은땀으로 등이 축축해졌다.

딜란이 소리 높이 외쳤다.

"목숨이 위태로운 상황인데 참 실용적이지 뭐야?"

반 전체에 요란한 웃음소리가 퍼졌다. 나는 안절부절못하며 주위를 둘러보았다. 내 동물 친구들은 아무 말도 하지 않았다. 나를 감싸는 사람은 한 명도 없었다. 디스텔마이어 선생님조차도 말이 없었다. 선생님이 이제 그만하면 되었다는 손짓을 했다.

"아무래도 다음에 다시 발표를 하는 게 좋겠구나. 그때는 좀 더 준비를 잘해 오도록 하렴."

나는 고개를 끄덕였다. 선생님이 아이들에게 조용히 하라는 뜻으로 손뼉을 쳤다. 나는 내 자리로 돌아왔다. 그리고 떨리는 손으로 USB와 서바이벌 키트, 그리고 책을 내 책상 위에 놓았다. 무슨 일이 일어난 건지 도저히 이해할 수가 없었다.

한참 지나서 등이 더 이상 축축하지 않고 손이 더 이상 떨리지 않게 되었을 때, 그리고 아이들이 전부 문제를 푸느라 조용해졌을 때 나는 USB를 자세히 살펴보았다. USB 꽂는 부분에 캐러멜 색깔 물질이 묻어 있는 것이 보였다. 얼른 서바이벌 키트 통도 다시 한 번 좀 더 꼼꼼하게 들여다보았다. 통 뚜껑 가장자리에 똑같은 황갈색 물질이 발라져 있었다. 접착제였다. 교실에 학급 사진을 게시하면서 사진 둘레를 장식할 때 썼던 순간접착제였다.

그런 생각을 해낼 수 있는 사람은 딱 한 명이었고, 그 생각을 실행에 옮길 만한 사람은 두 명이었다. 나는 딜란을 노려보았다. 내 시선을 느꼈는지 딜란이 나를 쳐다보더니 슈테판의 옆구리를 툭 쳤다. 두 아이는 낄낄거렸다. 나는 형편없는 바보가 된 느낌이었다. 전날 딜란과 함께 눈부신 햇살 아래에서 보도에 앉아 젤리빈을 먹으며 디스텔마이어 선생님 얘기를 했을 때 나는 딜란의 친절에 넘어갔다. 그 친절이 거짓인 줄도 모르고 완전히 속았다.

학교가 끝나자 나는 책과 서바이벌 키트, 망가진 USB를 가방에 집어넣고 집을 향해 뛰어갔다. 부모님이 발표를 잘했는지 물어보면 어떻게 대답을 해야 하나 고민에 빠졌다.

"그냥 잘했다고 말씀드려."

다람쥐가 의견을 냈다.

망아지도 동조했다.

"그래. 그렇지 않으면 또 걱정하실 거야."

집으로 가는 길에 있는 첫 번째 모퉁이를 채 돌기도 전에 나는 딜란과 슈테판에게 붙잡혔다. 두 아이는 내 등에서 가방을 확 벗겨 내더니 서로 던지기 놀이를 하다가 쓰레기통 안에 처박았다. 슈테판이 내 귀를 잡아당겼다. 어찌나 세게 잡아당겼는지 귀가 떨어질 것 같았다. 딜란은 내 오금을 걸어찼다. 나는 바닥으로 힘없이 쓰러지고 말았다.

두 아이는 아주 재미있는 구경거리라도 본 것처럼 큰 소리로 웃더니 멀어져 갔다. 게임이나 축구를 하려고 집으로 간 것이다.

나는 그 자리에 누워 있었다. 지나가는 자동차 소리가 들렸다. 3미터도 채 떨어지지 않은 곳에 있는 가로등 기둥에 자전거를 묶는 여자가 보였다. 반대 방향에서 부모님과 함께 걸어오던 우리 반 아이 몇 명이 내 옆을 스쳐 지나갔다. 나를 걱정해서 말을 걸어 주는 사람은 아무도 없었다. 무슨 일이 일어난 건지 알아차리지 못했을 것이다. 모든 일이 순식간에 일어났기 때문이다.

딱정벌레가 물었다.

"괜찮아?"

나는 고개를 끄덕이고 천천히 일어났다. 망아지가 통증으로 화끈거리는 두 귀를 핥아 주었다.

나는 쓰레기통에서 가방을 꺼낸 후 책 상태를 살펴보았다. 다행히 심각한 상태는 아니었다. 표지가 잔뜩 구겨졌을 뿐이다. 나는 서바이벌 책이니 가끔 서바이벌이 필요한 상황에 놓여 좀 망가진 것처럼 보여야 자연스러울 거라는 생각으로 나 자신을 위로했다. 그렇게 생각하니 책이 이제 새것처럼 보이지 않는다는 것이 오히려 잘된 일 같았다.

다람쥐가 속삭였다.

"저런 애들은 무시해 버려."

지렁이는 걱정 섞인 목소리로 물었다.

"설마 저런 애들과 친구가 되고 싶은 건 아니지?"

목이 메고 눈이 따끔거렸다. 금방이라도 눈물이 쏟아질 것 같았다. 하지만 나는 입술을 깨물면서 억지로 눈물을 삼켰다.

나는 내 동물 친구들에게 말했다.

"집에 가자."

나는 달리기 시작했다. 동물 친구들이 내 뒤를 충실하게 뒤따랐다. 달리면서 샤를로테 누나가 집에 와 있으면 좋겠다고 생각했다.

수학여행
4일 전

자신보다 큰 동물의 공격을 받는 일은

위험한 결과를 초래할 수 있다.

큰 동물 가까이 가지 않도록 항상 주의하고

실수로라도 자극하지 않도록 각별히 조심해야 한다.

야채보다 곤충에 영양분이 더 많이 들어 있다는 사실
을 아는지 모르겠다. 곤충에는 단백질이 풍부하고 칼
슘과 철분 같은 영양소도 들어 있다. 몸집이 작기는 하
지만 눈에 잘 띄고 쉽게 잡을 수 있다. 날로 먹을 수도
있지만 삶거나 구워서 먹는 것이 더 맛이 좋다. 다리와
날개를 제거한 다음 물을 담은 냄비에 넣어 삶거나 불
로 뜨겁게 달군 돌 위에 올려놓고 굽는다. 알록달록한
색깔의 곤충은 절대로 먹으면 안 된다. 대부분 독이 있
기 때문이다.

위험한 마주침

아직 학교 가기에는 이른 시각이었다. 엄마는 샤워 중이었다. 그래서 나는 물소리를 뚫고 엄마한테 들릴 수 있게 큰 소리로 학교에 가져갈 빵을 벌써 챙겼다고 말했다. 그리고 급하게 서둘러야 한다는 듯 외쳤다.

"지금 가야 해요. 수업 시작 전에 수학 보충 수업을 받아야 하거든요."

이 말을 믿을 사람은 우리 엄마 빼고는 이 세상에 없다.

"알았어. 저녁에 보자!"

엄마가 소리쳐 대답했다.

나는 소리 높여 말했다.

"그리고 저 드럼 배우고 싶어요!"

엄마는 대답이 없었다.

나는 다시 외쳤다.

"엄마, 제 말 들었어요?"

엄마가 샤워 커튼 사이로 나를 내다봤다.

"드럼 배우고 싶다고요."

엄마는 반색을 했다.

"어머나, 좋은 생각이로구나!"

전에도 나는 어딘가에 가입한 적이 있었다. 내가 원해서 보이 스카우트에 들어간 적도 있었고, 부모님의 권유로 유도를 배우러 다닌 적도 있었다. 하지만 매번 얼마 지나지 않아 아이들이 내 등 뒤에서 나에 대해 수군거리기 시작했다. 끔찍했다. 보이 스카우트 단원들도, 그리고 유도를 함께 배우는 아이들도 우리 반 아이들을 전혀 알지 못하는데 어째서 그런 일이 벌어지는지 알 수가 없었다. 이 세상 아이들이 다 같이 나를 따돌리기로 약속이나 한 걸까? 그럴 리는 없었다. 아마도 내가 다른 아이들과 조금 달라서 나를 끼워 주지 않았던 것 같다. 나는 그런 상황을 도저히 견딜 수 없어서 결국 전부 그만두고 말았다.

하지만 재키는 달랐다. 재키는 로첸부르크 공원에서 나를 기다린다고 했다.

나는 7시 15분에 집을 나섰다. 안개가 자욱하게 끼어서 공기가 축축하고 차가웠다. 나는 머릿속으로 재키한테 어떤 이야기를 해 주면 좋을지 궁리하면서 공원으로 향했다. 9월이니 엘더베리(딱총

나무류의 열매로 블루베리와 비슷한 맛이 남. 감기 예방과 면역력 강화, 염증 완화 등의 효능
이 있음.)가 열렸을 것이다. 하지만 날로 먹으면 청산가리와 비슷한
독성이 있어서 반드시 익혀 먹어야 한다고 말해 줄 생각이다. 우리
는 오늘 엘더베리는 먹지 않을 것이다. 하지만 들장미 열매(비타민 C
의 함량이 오렌지의 60배라고 알려져 있음.)와 도토리를 먹을 수는 있다.

망아지가 소리쳤다.

"그리고 풀도 먹을 수 있어!"

어제 오후부터 동물 친구들이 잠잠해서 잊고 있었는데 공원으
로 가는 길에 동물들이 갑자기 다시 나타났다.

나는 망아지에게 대꾸했다.

"풀은 안 돼. 사람은 풀을 소화시키기 힘들거든. 하지만 공원에
는 다른 먹을 수 있는 것들이 많으니까 괜찮아."

공원에 도착했을 때 무슨 소리가 들렸다. 아주 가까이에서 급
한 발걸음 소리가 났다. 하지만 나는 주의를 기울이지 않았다. 머
릿속에는 먹을 수 있는 온갖 식물들 생각으로 가득 차 있어서 다
른 것에 신경을 쓸 여지가 없었다.

망아지가 신이 나서 잔디밭 위를 달렸고, 나는 망아지 뒤를 쫓
아 뛰어갔다.

"빨리 와!"

나는 다람쥐에게 소리를 질렀지만 다람쥐는 달릴 생각이 없는
것 같았다.

잔디밭을 가로지르자 갑자기 아이들이 나타났다. 아이들은 각

기 다른 방향에서 포위하듯 나를 향해 다가왔다. 미리 약속을 한 듯했다. 아이들은 한두 명이 아니었다. 그리고 잔뜩 화가 난 상태 였다. 내 팔을 찌르는 손가락에서, 나를 사납게 밀치는 동작에서, 그리고 다리를 걸어 넘어뜨리는 행동에서 아이들이 얼마나 화가 나 있는지 느껴졌다.

지렁이가 소곤거렸다.

"왜 저렇게 화가 났어?"

나는 아이들이 왜 그렇게 화가 났는지 알았다. 어제 교정에서 내가 재키와 함께 서 있었기 때문이다. 재키와 친해졌기 때문이다. 나는 재키처럼 멋진 아이와 친구가 되어서는 안 되기 때문이다.

아이들 중 한 명이 내 입에 무언가를 쑤셔 넣었다. 종이일까? 나는 누가 그러는지 볼 수가 없었다. 축축한 잔디밭에 얼굴이 눌 린 채 엎드려 있었기 때문이다. 아이들이 내 발을 잡고 나를 덤불 쪽으로 끌고 갔다. 바닥에 깔려 있는 돌멩이에 뺨이 긁혔다. 아이 들은 덤불 뒤편에 있는 나무에 나를 묶었다. 딜란과 슈테판이었다. 이번에는 토마스와 하산도 무리에 끼어 있었다. 나는 토마스와 하 산을 원망하지 않았다. 내가 그 아이들이었더라도 딜란이 무언가 를 부탁하면 거절하기 어려웠을 것이다.

밧줄이 팽팽하게 조여들며 내 팔을 파고들었다. 지금은 7시 30 분쯤 되었을 것이다. 다리가 후들거렸다. 뺨에도 상처가 난 것 같 았다. 고개를 숙이니 티셔츠 위로 가느다란 핏줄기가 흐르는 것이 보였다. 재키는 아직 오지 않은 듯했다. 재키가 아무리 쿨한 아이라고 해도 지금은 그다지 도움이 안 될 것이다.

　나는 서바이벌에 관한 책들을 통해 이런 상황에서 어떻게 행동해야 하는지를 배웠다. 예를 들어 '위험한 마주침' 항목에는 다음과 같은 내용이 나온다.

　커다란 동물을 보면 꼼짝도 하지 말아야 한다. 동물이 너를 공격하려 한다면 아마도 네가 동물의 행로를 막고 있기 때문일 것이다. 그럴 경우 즉시 길을 비켜 주어야 한다. 또 사나운 동물들은 고함 소리를 들으면 도망칠 수도 있다.

　고함을 지르는 건 지금 나한테는 불가능했다. 종이가 입속을 꽉 채우고 있어서 거의 숨이 막힐 정도였다. 나는 자칫하다간 더 위험해질 수도 있어서 가능한 한 가만히 있었다. 그래도 어떻게든 소리를 질러 보려고 애썼지만 입 밖으로 나오는 건 억눌린 신음 소리뿐이었다.

이건 정상이 아니야

아이들은 낄낄거리며 올 때처럼 사방팔방으로 흩어져서 나무 사이로 사라졌다. 나를 그렇게 내버려 두고 떠나간 것이다.

드디어 나 혼자 남았다. 팔을 빼려고 안간힘을 써 보았지만 밧줄이 너무 팽팽했다. 온몸이 아팠다. 배도 아프고, 팔도 아프고, 얼굴도 아팠다. 그때 멀리서 재키가 나를 부르는 소리가 들려왔다.

"빈센트! 빈센트! 빈스!"

빈스라고 부르다니! 그 와중에도 정말 멋지게 들렸다.

나는 재키의 부름에 응답할 수 없었다. 입을 벌려 소리를 내려고 해도 소리가 거의 나오지 않았다. 나는 머릿속으로 최대한 크게 비명을 질렀다. 비명 소리가 크면 재키의 머리에 그 소리가 울려 퍼질지도 모르니까.

나는 어쩌면 재키가 나를 찾아다닐지도 모른다는 희망을 품고 기다렸다. 하지만 재키가 나를 왜 찾아다니겠는가? 나를 부르면 내가 당연히 자기한테 다가올 거라고 생각하고 있을 텐데……. 주변은 다시 조용해졌다.

땅바닥이 축축해 내 옷도 축축해졌다. 흙에서 가을 냄새가 났다. 잔뜩 긁힌 얼굴에 짠 눈물이 흐르자 얼굴이 온통 쓰라렸다. 나는 아파서 우는 것이 아니었다. 재키한테 내가 여기 있다고, 너를 기다리고 있다고, 너를 만나기로 해놓고 약속을 지키지 않는 일은 절대로 없다고 말하지 못한 것이 속상해서 울었다. 재키랑 들장미 열매를 같이 먹으려고 했는데 그럴 수 없어서 울었다.

재키가 나를 부르는 소리가 더 이상 들리지 않았다. 재키는 이제 학교로 가 버렸다.

나는 끈질기게 노력한 끝에 마침내 팔을 밧줄에서 빼냈다. 그리고 몸을 움직여 밧줄을 다 풀고 얼굴을 살며시 만져 봤다.

딱정벌레가 울먹이며 물었다.

"그런 상태로 학교에 갈 거야?"

동물 친구들이 상냥한 목소리로 내 귓가에 위로의 말을 속삭였다. 망아지의 따뜻한 숨결이 목덜미를 간질였다.

학교에 가야 할까? 옷도 더러워지고 얼굴에는 긁힌 상처가 가득한데 이런 모습으로 학교에 갈 용기가 나한테 있을까? 뭐라고 말해야 할까? 분명히 재키가 나에게 무슨 일이 일어났는지 물을 텐데 재키에게 사실을 털어놓는다는 건 꿈에서도 생각할 수 없는 일이었다. 내가 아이들에게 당한 일을 털어놓으면 재키 역시 내가 정말 이상하고 더럽고 멍청하고 웃긴 아이라고 생각할 것이다. 그리고 왜 자기가 진즉에 그 사실을 알아차리지 못했는지 한숨을 내쉴 것이다.

그냥 집으로 가서 스파이더맨 이불 속으로 파고들까? 나는 결정을 내리지 못한 채 한참 동안 나무들 사이에 서 있었다. 동물 친구들이 종종걸음으로 내 주변을 맴돌았다. 1교시가 끝나고 쉬는 시간이 되어 아이들이 교정으로 뛰어나오는 소리가 들리자 나는 비로소 몸을 돌렸다. 절대 이런 모습으로 학교에 갈 수는 없는 노릇이었다.

나는 휘청거리는 걸음걸이로 집으로 돌아왔다. 텅 비어 있는 거실에 전화벨 소리가 울렸다. 엄마였다. 내가 결석하자 학교에서 엄마한테 전화를 했다고 한다. 엄마는 회사에서 집으로 막 출발하려던 참이었다고 말했다.

"어디 있었니?"

엄마가 물었다. 목소리에 근심이 담겨 있었다.

나는 학교에 가다가 공원에서 토해서 그냥 집으로 돌아왔다고 말했다. 그리고 속이 너무 안 좋아서 집까지 오는 데 시간이 꽤 걸렸다고 덧붙였다.

"아직도 속이 안 좋니?"

"조금요."

나는 갈라진 목소리로 작게 대답했다. 안간힘을 다해 울음을 참고 있었기 때문이다.

엄마가 잘 알았다는 듯이 말했다.

"목소리가 그렇게 들리네. 엄마가 학교에 전화해서 말할 테니 너는 좀 누워 있으렴."

나는 위로 올라가 세탁기에 옷을 집어넣고 가장 짧은 코스로 돌렸다. 얼룩이 지워지길 바랐다. 무엇보다도 핏자국이 지워지면 좋겠다고 생각했다. 어쩌다가 뺨에 상처가 났는지 그럴듯한 이유도 생각해 두어야 했다.

이제 곧 담임선생님이 내가 아파서 결석했다고 아이들에게 말할 것이다. 그럼 재키는 왜 나를 만날 수 없었는지 알게 될 것이고, 아침에 공원에서 기다리게 한 걸 분명히 용서해 줄 것이다.

나는 침대에 들어가 흐느껴 울다가 잠이 들었다. 잠에서 깬 뒤 샤워를 해 뺨과 목덜미에 묻은 핏자국을 닦았다. 부모님에게는 계단에서 굴렀다고 말할 생각이었다. 나는 아래층으로 내려가 주방에 서서 빵을 먹은 다음, 소파에 앉아 샤를로테 누나가 도착하기를 기다렸다.

누나는 여느 때보다는 조금 늦었다. 누나가 거실로 들어오는 것을 보고 나는 소파에 앉아 울음을 터뜨렸다. 누나가 올 때까지 너무 오래 걸렸기 때문이다. 나는 누나한테 무슨 일이 있었는지 말해 주었다. 누나는 내 머리를 쓰다듬으며 이제는 정말로 부모님께 알려야 한다고 했다.

"안 돼! 제발!"

나는 누나한테 간청했다. 왜냐하면 부모님이 알면 어떻게 될지 알고 있었기 때문이다. 부모님은 담임선생님인 타이히 선생님을 만나 상황을 설명할 것이다. 그러면 타이히 선생님은 학급 회의를 열 것이고, 아이들은 하나같이 이렇게 말할 것이다.

"앞으로 다시는 그런 행동을 하지 않겠습니다. 저는 사실 그런 짓에 가담한 적은 없지만 빈센트를 괴롭혔던 아이들도 이제는 그런 행동을 절대로 하지 않을 겁니다."

그러고 나서 학교가 끝나면 집으로 가는 나를 또 붙잡아 괴롭힐 것이다. 발로 마구 차고 이전보다 훨씬 더 심하게 때릴 것이다. 내 등 뒤에서 나를 비웃고 내가 어떤 행동을 하건 마치 나한테서 고약한 냄새가 난다는 듯 코를 틀어막을 것이다. 아니면 나를 보이지 않는 존재처럼 취급할 것이다. 어른들은 어차피 아무것도 눈치채지 못할 테니까.

샤를로테 누나가 한숨을 쉬며 말했다.

"그래도 무언가 대책을 세워야 해. 이런 일은 정상이 아니야."

정상, 정상, 항상 등장하는 이 말이 너무나 싫었다.

나는 누나한테 간절하게 애원했다.

"일주일만 시간을 줘. 수학여행이 끝나고 나서도 이런 일이 계속된다면 그때는 부모님께 말씀드려도 좋아."

누나가 마지못해 동의했다.

"알았어. 오늘이 목요일이지? 다음 주 금요일이면 수학여행에서 돌아와 있겠네. 그때까지도 상황이 달라지지 않으면 부모님께 말씀드려야 해. 단 하루도 더는 기다리지 않을 거야. 단 1초도. 약속하는 거지?"

"알았어."

나는 시무룩하게 대답했다.

내가 이상한 걸까?

언젠가는 가만히 당하지 않고 반격할 것이다. 하지만 지금은 안 된다. 팔 굽혀 펴기를 열심히 하다 보면 팔다리에 초강력 힘이 생길 것이다. 그럼 아이들이 나를 붙잡을 때 몸을 돌려 닌자처럼 팔을 높이 치켜들고 다리를 어깨까지 들어 올려 힘껏 차 줄 것이다. 아이들은 대포알같이 최소한 10미터는 날아가 아래로 곤두박질치면서 멍청한 머리를 바닥에 부딪칠 것이다. 길에는 피가 낭자하고 나는 큰 소리로 야비한 웃음을 터뜨릴 것이다. 그러고 나서 몸을 돌려 집을 향해 달릴 것이다. 망아지가 내 뒤를 바싹 따르고 다람쥐와 지렁이, 그리고 딱정벌레도 거기 있을 것이다.

망아지는 큰 소리로 "잘했어!" 하고 외치겠지? 다람쥐는 뒤쫓는 아이들이 우리를 따라잡지 못하도록 내 어깨 너머로 그 아이들 눈에 도토리를 던질 것이다. 지렁이는 그 아이들에게 의기양양한 표정으로 혀를 쏙 내밀 것이다.

가끔 나는 갑자기 주체할 수 없을 정도로 화가 치밀 때가 있었다. 학교에서 그런 적은 한 번도 없었다. 항상 내 방에 혼자 앉아 그날 일어난 일을 돌이켜 볼 때 느닷없이 화가 치밀었다. 그럴 때는 너무나 화가 나서 내 방 안에 있는 걸 몽땅 망가뜨리고 싶었다. 침대 위쪽의 벽에 걸린 〈스파이더맨〉 포스터처럼 내가 평소에 근사하다고 여기고 자랑스럽게 간직하던 물건들까지도 다 때려 부수고 싶은 거센 충동에 휩싸였다.

한번은 그 포스터를 산산조각으로 찢어 버린 적이 있었다. 그만큼 화가 나 있었다. 숙제를 하려고 했는데 나를 괴롭히던 아이들한테 하지 못했던 말과 행동이 자꾸만 떠올라 헤어날 수가 없었다. 나는 그 아이들을 쓰러뜨리고 몸 위에 올라타 목을 누르는 내 모습을 계속 상상했다. 상상 속에서 그 아이들이 내 밑에 깔려 버둥거리는 것을 느꼈다. 그 아이들이 나한테 한 못된 말들, 나를 괴롭히면서 지었던 야비한 표정들, 그리고 나한테 한 나쁜 짓들이 생각나 너무 미웠다. 화가 나서 온몸이 부들부들 떨렸다.

나는 치밀어 오르는 분노를 더 이상 주체할 수가 없었다. 그래서 벌떡 일어나 벽에 걸린 〈스파이더맨〉 포스터를 잡아 뜯어 갈기갈기 찢어 버렸다. 마침내 어느 정도 진정이 되자 나는 그토록 아끼던 포스터가 완전히 휴지 조각이 되어 버렸다는 것을 깨달았다. 그 순간 울음이 터져 나왔다.

나는 한참 동안이나 울음을 멈출 수 없었다. 울면서 내가 다른 사람이기를 바랐다.

무슨 말을 해야 할지, 어떤 행동을 해야 할지 잘 아는 사람이기를 바랐다. 누가 때리면 그냥 맞고 있는 것이 아니라, 상대방의 행동이 잘못되었다는 걸 확실하게 알고 있기 때문에 큰 소리로 따지는 사람이기를 바랐다. 재미난 이야기를 할 수 있고, 큰 소리로 웃고, 스케이트보드를 기막히게 잘 타는 그런 사람이기를 바랐다. 하지만 나는 그런 사람이 아니다. 왜냐하면 나는 빈센트니까.

부모님이 〈스파이더맨〉 포스터를 새로 사 주었다. 부모님에게는 옆집 고양이가 포스터를 찢어 버렸다고 둘러댔다. 부모님은 내가 하는 말을 정말 한마디도 의심하지 않았다. 대통령이 잠깐 들렀다가 느닷없는 충동에 휩싸여 내 포스터를 찢고 나서 그 종잇조각들을 삼켰다고 말해도 아마 믿었을 것이다.

지금까지 나는 부모님이 나 때문에 걱정을 하는 것이 싫어서 아이들한테 괴롭힘 당하는 이야기를 전혀 하지 않았다. 하지만 작년에 학부모 모임이 있었을 때 담임선생님이 내가 종종 지각을 하고 친구가 없는 것 같다고 엄마한테 알려 주었다.

그 말은 물론 맞지 않았다. 나는 사실 항상 지각을 하고 친구가 한 명도 없었으니까. 선생님은 엄마가 너무 걱정하지 않도록 듣기 좋게 말해 주고 싶었던 것 같다.

그다음부터 부모님은 나를 일찍 학교에 보냈다. 그래서 나는 공원에서 더 오래 시간을 보내야만 했다. 비가 오는 날도 예외는 아니었다. 부모님은 함께 저녁을 먹을 때 매번 아주 밝은 목소리로 "오늘은 학교에서 어땠니?" 하고 물었다. 그리고 내가 적당한 이야기를 해 주지 않으면 무척 근심스러운 표정으로 미간을 찌푸린 채 서로 눈길을 주고받았다.

그래서 결국 나는 온갖 이야기를 꾸며 냈다. 아무 일도 없었거나 부모님한테 말할 수 없는 일이 일어났을 때면 무언가를 지어냈다. 말도 안 되는 이야기들을 생각해 내서 말해 주면 부모님은 내가 하는 말을 모두 믿었다.

한번은 다른 반 아이랑 친구가 되었는데, 이름이 콜롬보이고 어렸을 때 퀴라소(카리브해 남부에 위치한 네덜란드 자치령 섬)에서 살았다고 거짓말을 했다. 나는 콜롬보가 지금 나랑 제일 친한 친구이고, 둘이서 노는 것이 정말 재미있다고 말했다. 같이 화장지로 여우 잡기를 하거나 운동화를 감춰 놓는 장난도 많이 친다고 했다. 콜롬보가 빌렘스타트(퀴라소의 수도)에 살았을 때의 경험을 수업 시간에 발표하기로 했는데 콜롬보네 집에서 그것을 함께 준비했다고도 말했다. 부모님은 어떤 아이인지 만나 보고 싶다고 하면서 집에 데려올 수 있는지 물었다.

나는 천연덕스럽게 대답했다.

"물론이죠. 오늘 오후에도 엄마, 아빠가 안 계실 때 여기 왔었어요. 주말에 두 분이 계실 때 놀러 올 수 있는지 물어볼게요."

하지만 부모님은 결국 콜롬보라는 아이가 존재하지 않는다는 사실을 알게 되었고, 나는 심리 치료를 받게 되었다.

그 말은 생판 모르는 사람과 대화를 나눈다는 뜻이다. 심리 치료를 맡은 선생님은 나에게 왜 집단 괴롭힘을 당한다고 생각하는지 물었다. 나는 선생님에게 상황을 설명하려고 애썼다. 아이들이 내가 다가가면 대화를 멈춘다는 것, 내 생일에 맛있는 것을 주면 먹는 척하다가 구역질하는 시늉을 하면서 쓰레기통에 뱉는다는 것, 내가 무슨 말을 하기만 하면 비웃는 것, 나한테 손끝 하나도 닿지 않으려 한다는 것 등을 전부 털어놓았다. 아마도 무언가 나에게 도움이 될 방법을 알려 줄지도 모른다고 생각했기 때문이다. 나를 괴롭히는 상대방에게 어떻게 맞설지, 어떻게 항의하고 비명을 지를지 알려 주고, 정상적인 아이가 되는 법을 가르쳐 줄 거라고 기대했다.

하지만 그 선생님은 단지 이렇게만 말했다.

"나는 왜 그런 일이 너한테 일어나는지 아는지 물어본 거란다."

왜냐고? 나는 내가 왜 그런 일을 당하는지 모른다. 나는 정말 이상한 아이일까? 정말 다른 아이들과는 다를까? 나한테서 고약한 냄새가 난다는 게 사실일까? 나는 종종 나 자신에게 이런 질문들을 던진다.

그럴 때면 딱정벌레가 걱정스럽게 소곤댔다.

"그런 생각을 하면 안 돼."

나는 그런 생각을 하지 않으려고 노력하지만 나한테 원인이 있다는 생각을 지우지 못했다.

"어쩌면 너는 다른 아이들과 아주 약간 다를지도 몰라."

망아지가 한숨을 쉬며 마지못해 인정했다.

하지만 도대체 내가 다른 아이들과 어떻게 다른데? 그리고 다르다는 것이 그렇게 나쁜 것일까? 다른 아이들과는 좀 다른 아이가 오직 나뿐일까? 남들과는 좀 다른 아이는 왜 괴롭힘을 당해야 하는 걸까? 나는 이 문제를 오래도록 고민했지만 답을 찾을 수 없었다.

나를 상담했던 심리 치료사는 나중에 부모님에게 내가 아주 예민한 아이라 많은 것을 잘못 이해하고 있다고 설명했다.

내 동물 친구들은 그 말을 듣고 하나같이 한숨을 쉬었다. 그리고 그런 어리석은 판단에 고개를 절레절레 흔들었다. 하지만 나한테 무슨 수가 있겠는가? 어른 세 명을 상대로 일방적인 괴롭힘이라고 받아들일 수밖에 없는 일들이 일어난다는 사실을 어떻게 설명할 수 있을까? 막대기로 머리를 얻어맞는 일을 어떻게 받아들여야 할까? 복도에 걸린 학급 사진에서 내 얼굴만 검은 펜으로 지워져 있는 것을 어떻게 이해하지? 아이들이 나한테서 고약한 냄새가 난다며 코를 틀어막는 행동을 어떻게 받아들이지?

수학여행
3일 전

나쁜 날씨가 따로 있는 것이 아니다.
날씨에 맞지 않는 옷차림이 있을 뿐이다.

따뜻하고 건조한 옷을 입고 머리에는 항상 모자를 써야 한다. 우리 몸에서 열을 빼앗기기 가장 쉬운 곳이 머리이기 때문이다. 가능한 한 얇은 옷을 여러 겹 겹쳐 입는 것이 좋다. 남방셔츠나 티셔츠를 바지 속으로 집어넣어 입고 양말은 바짓단이 양말 안으로 들어가게 신어야 한다. 추위를 막는 데에도 효과적이지만 벌레에 물리는 것을 방지할 수 있다.

와플과 스시

오늘은 팔 굽혀 펴기를 했다. 그사이 빼먹은 것을 보충하기 위해 열다섯 번을 더 했더니 팔 근육이 파들거렸다. 옷을 갈아입고 어제 빨아 널었던 티셔츠를 살펴보자 다행히 핏자국이 사라지고 없었다. 나는 엄마한테 이제부터는 점심 도시락은 내가 직접 준비할 테니 신경 쓸 필요가 없다고 말했다. 그리고 점심 도시락 없이 학교로 출발했다. 동물 친구들은 무거운 표정으로 내 뒤를 느릿느릿 따라왔다.

시간을 때워야 하는데, 공원은 겁이 나서 갈 수가 없었기 때문에 나는 어디가 좋을지 생각해 보았다. 즉시 슈퍼마켓이 머릿속에 떠올랐다. 그곳에는 항상 사람들이 많았다. 나는 슈퍼마켓 안으로 들어가 찾는 물건이 있는 것처럼 진열대 사이를 어슬렁거렸다. 망아지가 당근을 씹어 먹으려고 하자 얼른 다른 곳으로 끌고 갔다.

나는 과일과 야채, 갖가지 종류의 치즈, 그리고 우유와 스낵을 찬찬히 살펴봤다.

가능한 한 시간을 끌면서 슈퍼마켓 안에 있는 물건들을 구경하다가 마침내 재키가 좋아할 만한 걸 샀다. 시럽을 끼얹은 네덜란드식 와플 두 개였다. 외국에서 오래 생활했으니 아마도 네덜란드식 와플이 그리웠을 거라 생각했다.

교실에 들어가 옆자리에 앉자 재키가 내 귀에 대고 속삭였다.

"이제 괜찮니?"

"응."

나는 재키를 보며 웃었다. 내가 이렇게 다시 옆자리에 앉게 되어서 얼마나 기쁜지 재키는 절대로 모를 것이다.

"얼굴이 왜 그래?"

재키가 내 뺨을 가리키며 물었다.

"계단에서 굴렀어."

"아이고!"

재키는 얼굴을 잔뜩 찌푸렸다.

"몸이 안 좋아서 계단을 내려갈 때 제대로 못 봤나 봐. 그래서 헛발을 내디뎠어."

다람쥐가 한숨을 쉬며 눈동자를 굴렸다.

"정말 그럴싸한 핑계네."

하지만 나는 재키가 내 말을 의심할 거라고 생각하지 않았다. 세상에는 남이 말하면 그대로 믿을 뿐 다른 가능성은 염두에 두지 않는 사람들이 많다. 우리 부모님이 그런 사람들이고, 재키도 그런 사람이다. 점심시간에 나는 재키에게 와플을 건넸다.

"우아!"

재키가 환성을 질렀다.

"그래도 나랑 나중에 공원에 갈 거지?"

"주말에 갈 수 있니?"

내가 물었다.

"일요일은 돼."

재키가 대답했다.

딱정벌레가 날카로운 소리로 주의를 주었다.

"그렇게 크게 말하면 어떡해?"

나는 얼른 주위를 둘러보았지만 운 좋게 아무도 듣지 않았다.

"일요일 아침 어때?"

나는 목소리를 죽여 물었다.

"좋아. 7시?"

재키가 큰 소리로 대답했다.

"딱 좋아."

나는 속삭이듯 대답했다. 그 시간이면 부모님은 자고 있을 것이다. 나는 사람들 왕래가 많은 곳에서 만나는 것이 좋겠다고 생각해서 "슈퍼마켓 앞에서 만날래?" 하고 재키에게 물었다. 물론 일요일이니 슈퍼마켓 문은 닫혀 있겠지만 상점들이 많은 거리라 지나다니는 사람들이 많을 것이다.

"그러자."

재키가 대답했다.

약속을 정한 후 우리는 함께 와플과 스시를 먹었다. 점심 식사 후 쉬는 시간에 나는 다리를 벌리고 팔짱을 낀 채 재키 옆에 서 있었다. 그리고 토마스와 하산, 슈테판, 딜란의 얼굴을 똑바로 쳐다봤다. 그 아이들은 나처럼 어제 있었던 일을 정확히 기억하고 있을 것이다. 내 뺨에 난 상처를 보며 서로 옆구리를 툭툭 치고, 나를 놀리듯 빙글빙글 웃었다. 하지만 재키 옆에 서 있는 건 그 아이들이 아니라 바로 나였다. 나는 몸을 곧게 편 채 교정 한가운데에 서 있었다. 아무도 나에게 그 자리에서 비키라고 하지 않았다. 내가 위협적으로 느껴져서가 아니었다. 단지 재키가 내 옆에 있다는 이유만으로 나를 건드릴 엄두를 내지 못한 것이다.

그러나 쉬는 시간이 끝나고 교실로 들어갈 때 딜란이 내 옷소매를 붙잡았다. 딜란의 회색 눈이 뿜어내는 무시무시한 기운에 나는 흠칫하고 걸음을 멈추었다. 딜란이 을러댔다.

"두고 봐."

무슨 뜻인지 물어볼 생각도 못 하고 있는데 딜란이 낮게 속삭였다.

"수학여행 가면 제대로 손봐 줄게."

딜란은 이 말을 하고 눈 깜짝할 사이에 멀어졌다.

딜란이 나에게 말을 거는 모습을 보았는지 재키가 물었다.
"무슨 말을 한 거야?"
나는 최대한 태연한 표정을 지으며 대답했다.
"아무것도 아니야."

수업이 끝나고 집에 갈 시간이 되자 나는 재키에게 물었다.
"집에 같이 갈래?"
내 말에 재키가 고개를 끄덕였다.
집으로 가는 길에 재키는 나중에 기타리스트가 될 거라고 말했다. 그리고 순회공연을 다니면서도 수영을 할 수 있게 월풀이 딸린 아주 멋진 버스를 구입할 계획이라고 했다.
"물속에 있을 때 항상 가장 좋은 아이디어가 떠오르거든."
길 건너편에 딜란과 슈테판이 뛰어가는 것이 보였다. 우리가 있는 쪽을 건너다보긴 했지만 가까이 다가올 기미는 없었다. 재키가 옆에 있는 한 나는 안전했다. 중식당 '완콕' 앞에 이르러 우리는 헤어졌다. 재키는 왼쪽으로, 나는 오른쪽으로 가야 했다.
오늘이 금요일이니 이제 주말이다. 학교에 가지 않는 것이 아쉬울 따름이었다. 하지만 일요일이면 재키를 다시 볼 수 있을 것이다!

수학여행
2일 전

장비는 최소한으로 줄여야 한다.

꼭 필요한 것: 군용 칼, 서바이벌 키트, 나침반, 라디오, 휴대 전화

옷을 고르는 일은 아주 중요하다. 생존을 위협 받게 될지도 모르는 장소에 가게 된다면 그 장소에 적합한 옷을 고르는 게 필수다. 신중하고 꼼꼼하게 골라야 한다. 인간은 정온동물이라 옷이 없이는 열대에서나 살아남을 수 있다. 열대가 아닌 장소에서는 반드시 체온을 잃지 않도록 도와줄 옷이 필요하다. 그 자체로 열을 제공하는 것은 아니지만 따뜻한 체온은 유지시켜 줄 것이다.

짐 싸기

토요일 저녁, 나는 커다란 배낭에 짐을 싸기 시작했다. 짐 싸는 일은 일찌감치 시작해 시간을 충분히 들이는 것이 좋다. 매번 깜빡하는 것들이 생기기 때문이다.

보이 스카우트의 지침은 '항상 준비 완료'다. 그 말은 모든 상황에 대비하라는 뜻이다. 나는 아빠의 아이패드를 가져와서 다음 주날씨 예보를 검색했다. 비가 올 예정이며 낮 기온은 10도, 밤 기온은 3도가 될 것이라고 했다. 따뜻한 옷과 비옷을 반드시 챙겨야 했다. 나는 일지에 가져가야 할 물건 리스트를 기록하고《서바이벌 핸드북》에서 알려 준 리스크 분석을 했다. 내가 필요한 것들을 적는 동안 내 동물 친구들은 흥분해서 작은 방 안을 돌아다녔다.

준비물: 서바이벌 키트, 비 올 때 입을 바지와 점퍼, 다리 부분을 뗄 수

있는 기능성 방수 바지, 장화, 양말 두 켤레, 후드 달린 스웨터, 수건, 속옷 4개, 긴팔 티셔츠 하나와 반팔 티셔츠 하나, 수영복, 선크림, 모기 퇴치제, 손전등, 밧줄 혹은 굵은 노끈, 현금, 연필, 나침반, 침낭, 베개, 휴대용 작은 배낭, 그리고 당연히 《서바이벌 핸드북》.

"가장 중요하고 항상 가지고 다녀야 하는 게 뭔지 알아?"
내가 묻자 지렁이가 첫 번째로 대답했다.
"맥주."
지렁이의 말에 다른 동물들은 포복절도했다.
잠시 후 다람쥐가 외쳤다.
"도토리!"
"아니야."
나는 참을성 있게 조금 더 기다리다가 다른 대답이 나오지 않자 말했다.
"당연히 건강한 두뇌지."
내 말에 동물들이 더 큰 소리로 웃었다.
"그래. 마음껏 웃어. 하지만 맑은 머리로 영리한 계획을 세우지 못하면 절대 생존할 수 없을 거야."
나는 부모님이 양치를 하러 가면서 내 방 앞을 지나가는 소리를 들었다. 엄마가 방문 사이로 머리를 들이밀고 물었다.
"빈센트, 금방 잘 거지?"
"빈스라고 부르세요."

그럴 의도는 없었는데 목소리가 화난 것처럼 들렸다.

"뭐라고?"

"앞으로는 저를 빈스라고 불러 달라고요."

엄마는 눈썹을 치켜올리더니 곧바로 다시 물었다.

"알았다. 음, 빈스, 우린 자러 가는데 너도 금방 잘 거지?"

"네. 빠진 게 없나 마지막으로 살펴보고요."

부모님이 침실로 사라지자 조금 있다가 사방이 고요해졌다.

《서비이벌 핸드북》에서는 리스크 분석을 할 때 항상 여행의 목표를 구체적으로 기록해야 한다고 했다. 나는 책상에 앉았다. 그 아이들의 폭력으로부터 영원히 벗어나는 것을 목표로 하면 좋겠지만, 나는 감히 그것을 적을 엄두가 나지 않았다. 재키와 계속 친구로 지내는 것을 목표로 정하는 건 어떨까? 그럴 수만 있다면 얼마나 좋을까? 그러려면 재키와 내가 이미 친구 사이라는 것을 전제로 해야 했다. 그 생각을 하기 무섭게 복통이 나를 괴롭혔다. 아직 친구가 된 것이 아니라면 재키와 친구가 되는 것을 목표로 해야 할 것이다. 아니면 아이들에게 언어맞지 않는 걸 목표로 할까? 그러나 그런 목표는 달성하기 어려울 것이다. 차라리 조금 덜 맞는 걸 목표로 하는 게 현실적이다.

나는 구체적인 목표를 정하지 않기로 했다. 사실 이번 수학여행은 전교생이 의무로 가야 했다. 선택의 자유가 있었다면 나는 수학여행에 가지 않겠다고 했을 것이다. 그러니 무사히 집으로 돌아오는 일 말고는 목표가 있을 리 없다. 나는 이렇게 기록했다.

살아남는 일에 최대한 집중할 것.

그런 뒤 예상되는 위험과 그에 대한 대비책을 적어 보았다.

위험: 어디엔가 혼자 남는 일, 혼자 자는 일, 손전등이 손에 닿지 않는
　　　일, 화장실에 가는 일, 눈에 띄는 일.
대비책: 선생님이나 재키 근처에서 벗어나지 않을 것, 설거지나
　　　다른 할 일을 도울 것.

나는 전날 딜란이 작은 소리로 나를 위협했던 일을 떠올렸다.
'도대체 나한테 무슨 짓을 할 계획일까?'
나는 이런 고민을 하다 곧 그만두었다. 아무리 애를 써도 어차
피 딜란의 계획을 알아낼 수 없을 거라는 생각이 들어서였다.
그사이에 부모님이 잠들었을 테지만 혹시 몰라서 나는 발소리
를 죽이고 살금살금 아래층으로 내려갔다. 그리고 소리 나지 않게
주방 서랍을 뒤져 가져갈 만한 것이 있는지 살펴봤다. 몇 가지 먹
을 것을 챙긴 후 내 방으로 돌아와 다시 기록했다.

비상식량: 에너지 드링크 한 병, 땅콩 한 봉지, 시리얼바 두 개.

나는 짐을 싸기 시작했다. 옷을 하나씩 돌돌 말아서 큰 배낭
안에 집어넣었다. 모든 것이 잘 들어맞았다. 침낭과 책, 여분으로

가져가는 작은 배낭은 맨 아래쪽에 놓았다. 무거운 물건들은 배낭을 멨을 때 등 쪽에 붙여서 바닥에 놓아야 덜 무겁다. 책 몇 권을 가지고 시험해 보면 정말 그렇다는 걸 알 수 있다. 팔을 앞으로 내민 상태에서 책을 드는 것이 배에 바짝 붙여서 드는 것보다 훨씬 무겁다.

매일 하기로 한 팔 굽혀 펴기를 하고 나니 오늘 할 일은 다 끝났다. 나는 침대로 기어 들어갔다. 하지만 잠이 오지 않았다. 머릿속은 텅 비어 있고, 정신이 말똥말똥했다. 자명종 시곗바늘이 숫자판을 느릿느릿 기어가는 것이 보였다. 이제 여섯 시간만 지나면 재키를 만나게 된다. 이제 다섯 시간 남았다. 나는 미소를 지었다.

수학여행 하루 전

막 우려낸 뜨거운 차만큼
기분을 좋아지게 만드는 것은 없다.

싱싱한 초록색 솔잎을 모은다. 끓는 물에 솔잎을 넣고 5분간 끓인다. 이렇게 끓인 솔잎차에는 비타민 C가 풍부하다. 근처에 소나무가 보이지 않고 대신에 쐐기풀이 많이 있다면 쐐기풀을 달여 마시는 것도 좋다. 쐐기풀은 줄기의 가장 윗부분을 꺾어 잎을 뜯어 내야 한다. 이때 반드시 장갑을 끼거나 장갑이 없다면 옷소매를 잡아당겨 손등을 덮어야 한다. 쐐기풀 잎을 끓는 물에 넣고 끓인다. 서바이벌 키트 안에 각설탕이 있다면 각설탕 한 개를 집어넣는다. 5분 정도 끓이면 완성이다!

공원 탐험

일요일 아침 나는 집을 나서서 헐레벌떡 달려갔다. 그리고 7시 15분 전 재키와 만나기로 한 슈퍼마켓 앞에 도착해 가쁜 숨을 몰아쉬며 재키를 기다렸다. 그곳에 온 사람은 내가 첫 번째가 아니었다. 노숙자 한 명이 슈퍼마켓 출입구 옆 벽에 등을 대고 누워 있었다. 건너편 카페에서는 테이블을 밖으로 내놓고 있었다.

　나는 혹시 반 아이들이 있는지 확인하기 위해 주변을 둘러봤다. 그리고 재활용 유리병을 넣는 큰 통 뒤에 몸을 숨긴 채 조심스럽게 둘러본 후 길모퉁이 쪽도 살펴봤다. 아무도 보이지 않았다.

　나는 아직 자고 있는 노숙자 옆에 자리를 잡고 섰다. 비록 잠들어 있는 노숙자라도 그 옆에 서 있는 것이 혼자 있는 것보다는 안전하게 느껴져서다. 재키랑 약속할 때 반 아이들이 듣지 못하도록 무척 신경을 쓰기는 했지만 혹시 모를 일이었다. 물론 재키는 우리가 만나기로 약속한 사실을 비밀로 해야 한다는 생각은 전혀 하지 못했을 것이다.

나는 조바심이 나서 양발을 번갈아 가며 깡충거렸다. 따뜻한 스웨터를 입고 안에 털이 있는 부츠를 신었는데도 이른 시각이라 꽤 추웠다. 7시가 되었다. 나는 불안감을 억누르며 고개를 빼고 길거리를 지켜봤다. 왜 아직 오지 않는 걸까? 설마 약속을 잊은 건 아니겠지?

"저기 온다!"

망아지가 재키를 제일 먼저 발견했다.

"어디?"

다람쥐가 흥분한 얼굴로 오른쪽을 가리켰다.

"저기 오잖아."

그제야 내 눈에도 루스트호프 거리 끝에서 이쪽으로 오고 있는 재키가 보였다. 재키는 느긋한 걸음걸이로 나를 향해 다가왔다. 1분에 스무 걸음쯤 걷는 것 같았다. 한 걸음 떼는 데 3초 걸렸다. 재키는 세상 아무것에도 관심 없는 듯 무심하게 발끝만 내려다보며 천천히 걸어왔다. 유일하게 관심이 있는 것이라곤 자기 구두뿐인 것처럼. 두 손은 후드가 달린 스웨터 주머니에 찔러 넣고 모자를 깊숙하게 눌러썼다. 머리를 숙인 채 바닥만 보며 걷고 있어서 나는 마음 놓고 재키를 관찰했다. 재키는 정말 멋졌다. 나한테서 다섯 걸음 정도 떨어진 곳에 도착하자 재키가 고개를 들었다.

"안녕!"

재키가 잠이 덜 깬 얼굴로 인사했다.

나도 인사를 건넸다.

"안녕! 준비됐니?"

재키가 고개를 끄덕였다. 우리는 공원으로 느릿느릿 같이 걸어 갔다. 재키가 내 옆에, 내가 재키 옆에. 나는 재키의 걸음 속도에 맞추었다. 그러나 재키처럼 천천히 걷는 일은 여간 힘든 게 아니었다. 그야말로 고도의 기술이 필요했다.

우리는 산책로를 따라 연못 옆을 지나갔다. 분수가 물을 뿜어 내고 있어서 불어오는 바람에 물방울이 흩날려 길 위로 떨어졌다. 옅은 회색의 내 스웨터가 차가운 물방울로 인해 짙은 회색 점들로 뒤덮였다. 재키의 뺨에도 주근깨 사이로 물방울이 반짝거렸다. 우리는 연못가에 서서 오리 떼를 조용히 바라봤다.

재키가 물었다.

"우리 뭐 먹을 건데?"

드디어 식물에 관한 내 지식을 드러낼 수 있게 되었다! 나는 재키에게 내가 알고 있는 것들을 모두 알려 주었다. 민들레 잎사귀로 샐러드를 만들어 먹을 수 있고, 뿌리는 쪄서 말린 후 커피처럼 끓여 마실 수 있다는 것, 쐐기풀을 달여 마실 수 있다는 것을 알려주고 데이지꽃에 대해서도 설명해 주었다. 광대수염에서 즙을 짜내는 법과 솔잎으로 차를 만드는 법을 가르쳐 주고 토끼풀의 쓰임새도 설명했다. 잣나무 씨앗을 먹을 수 있다는 것도 알려 주고, 도토리를 쪄서 말린 후 곱게 빻아 분말로 만들어 먹는다는 것과 갈

대 뿌리에서 얻은 가루(갈대 뿌리를 갈아서 앙금을 얻을 수 있는데 그것을 말려 흰 가루로 만듦.)로 빵을 구울 수 있다는 것도 알려 주었다. 그리고 밤을 먹을 수 있다는 것과 미나리아재비는 보기에는 맛있어 보이고 이름도 맛있을 것 같지만 독성이 있으니 절대로 먹으면 안 된다는 것, 디기탈리스에는 심장에 치명적인 독이 있으니 주의해야 한다는 것도 알려 주었다. 나무껍질을 먹을 수 있다는 사실도 말해 주었다. 봄에 먹으면 가장 맛이 좋고 밑동을 잘라 겉껍질이 아니라 속껍질을 먹어야 한다는 점도 덧붙였다. 그리고 항상 휴대하고 다니는 주머니칼을 꺼내 밑동을 잘라 내고 겉껍질을 벗기는 방법을 보여 주었다. 《서바이벌 핸드북》에 적혀 있는 것처럼 간단하지는 않았지만 마침내 성공했다. 재키가 맛을 보더니 달콤한 맛이 난다고 했다.

"물에 삶을 수도 있고 쪄서 말린 후에 가루로 만들 수도 있어."

나는 설명을 계속 이어 갔다.

자작나무에서 수액을 얻을 수 있다는 것을 알려 주고 길 가장자리에 있는 수영을 따서 직접 보여 주기도 했다. 재키는 수영을 맛보더니 맛이 끔찍하다고 했다.

"너 그거 먹을 거니?"

나는 한 번도 수영 이파리 한 개를 다 먹어 본 적은 없었지만 "물론이지." 하고 태연하게 대답한 뒤 내 말을 증명하기 위해 이파리를 다 먹어 치웠다.

나는 재키에게 불을 피우는 법도 가르쳐 주었다. 깃털과 죽은 나무, 나뭇가지, 나무껍질, 바싹 마른 개똥(의외로 불에 잘 탄다.), 솔방울, 낡은 티셔츠 등이 태울 수 있는 것들이라고 설명했다.

재키는 고개를 끄덕이며 내 말을 주의 깊게 들었다. 재키는 모든 걸 알고 싶어 했다. 내 뒤를 따라오면서 내가 따는 열매나 잎을 보고 내가 주는 것을 맛보았다. 그리고 똑똑한 질문들을 던졌다. 내 말이나 행동을 이상하게 여기거나 비웃지도 않았다. 오히려 계속해서 더 많이 알고 싶어 했다.

내가 더 이상 말해 줄 것이 없고, 재키가 더 이상 질문을 하지 않게 되자 침묵이 내려앉았다. 나는 속으로 고민했다.

'치즈를 얹은 평범한 빵을 먹으러 가자고 해 볼까?'

망아지가 중얼거렸다.

"너희 집으로 같이 갈 것인지 물어봐야 하지 않아?"

나도 그런 생각을 하기는 했다. 벌써 9시가 다 되어 배가 무척 고팠다. 게다가 부모님한테 재키를 소개하고 싶었다. 보세요, 저한테도 친구가 있어요. 걱정하실 필요 없어요. 하지만 재키한테 물어볼 용기가 나지 않았다.

지렁이가 속삭였다.

"겁내지 말고 그냥 물어봐."

내가 숨을 크게 들이마셨다 내쉰 다음 막 입을 열려는 찰나에 재키가 먼저 물었다.

"우리 집에 같이 갈래? 여기서 가까워. 그리고 우리 부모님이 일요일 아침마다 항상 따끈따끈한 크루아상(초승달 모양으로 만든 작은 빵)을 사 오셔."

아마도 내가 무척 놀란 얼굴을 했는지 재키가 다시 물었다.

"왜 그러니?"

"나도 방금 너한테 같은 걸 물어보려고 했거든!"

내가 큰 소리로 대답하자 재키가 깔깔거리며 웃었다. 그리고 영어로 "렛츠 고!" 하고 외치더니 나보다 먼저 달려갔다.

"집이 어딘데?"

우리 집이 있는 거리를 지나쳐 계속 달리고 있는 재키를 보며 물었다.

"거의 다 왔어."

재키가 어깨 너머로 소리치며 손가락으로 코닝 거리 방향을 가리켰다. 우리는 물가를 따라 달렸다. 갑자기 재키가 커다란 집 앞에 멈춰 섰다.

"여기야?"

내가 물었다. 재키는 고개를 끄덕이더니 스웨터 안쪽에서 장식줄에 매달린 열쇠를 꺼냈다. 우리는 헛간이 있는 마당을 지나갔다. 커다란 창문이 있는 헛간에는 스케이트와 서핑 장비들이 가득했다. 재키가 열쇠로 출입문을 열었고 우리는 안으로 들어갔다.

재키의 부모님은 벌써 아침 식사 중이었다. 재키의 엄마가 놀란 얼굴로 우리를 돌아봤다.

"어머, 세 번이나 불러도 대답이 없길래 아직 자고 있는 줄 알았는데!"

"빈스랑 공원에 갔었어요."

재키는 명랑한 목소리로 대꾸했다.

나는 어떻게 행동해야 할지 몰라 잠시 머뭇거렸다. 재키의 부모님은 아주 단정해 보였다. 우리 부모님은 일요일 아침이면 헝클어진 머리와 잠옷 차림으로 신문을 읽는데, 재키의 부모님은 옷을 제대로 갖춰 입고 있었다. 다림질을 한 옷이었다. 또 우리 집에서는 오래된 팝송을 듣는데, 재키네 집에는 바이올린 선율이 흐르고 있었다. 재키의 부모님이 내가 상상했던 모습과 너무 다른 데다 진흙 투성이 신발로 깔끔한 거실에 서 있으려니 어쩐지 마음이 좀 불편했다. 내 소개를 하고 손을 내밀어 악수를 해야 하는 걸까?

그때 재키의 엄마가 인사를 건넸다.

"빈스, 안녕."

재키의 아빠도 인사를 했다.

"안녕! 너희 아침은 먹었니?"

우리는 고개를 절레절레 흔들었다.

나는 부모님에게 전화를 걸어 재키네 집에 와 있다고 말한 후 좀 더 있다가 가겠다고 말했다. 재키는 주방에서 오렌지 주스와 크루아상, 계란프라이를 얹은 빵을 쟁반에 담은 뒤 나를 자기 방으로 데려갔다. 우리는 굶주린 사람처럼 정신없이 먹었다. 도토리와 민들레 잎사귀로는 배가 부를 수 없는 노릇이니까.

아침 식사를 마친 후 나는 책상을 두드리며 재키가 알려 주는 새로운 리듬을 배웠다. 그러고 나서 장기 자랑 시간에 함께 공연할

곡을 연습했다. 재키가 전기 기타를 연결했다. 전기 기타를 든 재키의 모습은 정말 멋있었다. 재키가 연주를 시작하고 나는 재키의 책상을 두드리면서 장단을 맞추었다.

재키가 환하게 웃으며 말했다.

"우리 진짜 잘하지 않니? 우리 밴드 이름을 지어야겠어."

밖을 내다보니 비가 오고 있었다. 내가 재키에게 제안했다.

"레이니 데이(Rainy Day) 어때?"

재키가 생각에 잠겼다. 잠시 뒤 이번에는 재키가 제안했다.

"로킹 네이버스(Rocking Neighbours)는?"

나는 재키에게 물었다.

"우리가 거의 이웃이나 다름없으니까?"

재키가 고개를 끄덕거렸다. 나는 동의했다.

"좋은 것 같아."

우리는 한참 동안 연습한 후 충분하다고 생각되자 연습을 끝냈다. 그런 뒤 재키의 침대에 앉아 만화를 봤다. 재키의 침대는 커다란 물침대였다. 몸을 조금만 움직여도 출렁거려 마치 바다에 있는 것 같은 기분이었다. 나는 재키가 '가필드(미국의 만화가 짐 데이비스가 제작한 연재 만화)'를 무척 좋아한다는 걸 눈치챘다. 재키가 나를 생일 파티에 초대한다면 생일 선물로 뭐가 좋을지 고민하지 않아도 될 것 같았다.

재키는 브라질에서 학교에 다닐 때 입었던 교복을 보여 주었다.

"이것 좀 봐. 절대로 안 입겠다고 했어. 내가 이런 옷을 입은 모습, 상상이 되니?"

나는 고개를 저었다.

"하지만 결국 입었어. 대신에 한 가지 조건이 있었지."

"무슨 조건?"

"부모님이 앞으로 평생 내 옷차림에 간섭하지 않는다는 조건이었어. 부모님은 괜찮은 조건이라고 생각했나 봐. 그래서 난 지금 내가 입고 싶은 대로 뭐든지 입어도 돼."

재키가 만족스러운 표정으로 알려 주었다.

비가 그치자 재키의 엄마가 와서 마당에 있는 토끼장을 청소하라고 했다. 재키는 강아지만 한 집토끼를 키우고 있었다.

"플랑드르(벨기에 서쪽을 중심으로 하여 네덜란드 서쪽에서부터 프랑스 북쪽까지를 포함한 지방)에서 태어났는데 이렇게 커. 이름이 새미야."

재키가 갈색 나무로 된 토끼장에 톱밥을 까는 동안 나는 새미를 안고 있었다.

토끼장 청소가 끝나고 새미가 토끼장 안에 웅크리고 있을 때 재키의 엄마가 우리를 불렀다. 재키의 엄마는 그사이에 케이크를 구웠다고 했다. 초콜릿을 입히고 체리를 얹은 케이크였다. 우리는 거실에서 차를 마시며 케이크를 먹었다.

"정말 좋구나. 벌써 네가 친구를 사귀었다니, 얼마나 기쁜지 모르겠다."

재키가 한숨을 쉬었다.

"엄마."

부모님들은 모두 그런 걱정을 하는 걸까? 나는 곁눈질로 재키를 살짝 훔쳐봤다. 항상 친구가 많을 것 같은데, 아닌가?

오후 5시쯤 되어서야 나는 재키네 집을 나섰다.

"빈스, 내일 보자!"

재키가 열린 문 앞에 서서 열렬하게 손을 흔들며 말했다.

"로킹 네이버스 규칙이야!"

나도 손을 흔들어야 할까? 그렇게 하면 쿨하지 못한 것은 아닐까? 재키는 큰 소리로 웃으며 더 요란하게 손을 흔들었다. 쿨하게 보이는 것에는 전혀 개의치 않는 모습이었다.

지렁이가 나에게 용기를 내라고 속삭였다.

"어서 손을 흔들어!"

나는 뒷걸음질로 재키네 동네를 벗어나며 재키가 더 이상 보이지 않을 때까지 손을 흔들었다.

무척 피곤했지만 침대에 누워도 잠이 오지 않았다. 나는 이리저리 뒤척거리며 한숨을 쉬었다.

망아지가 내 귀에 대고 소곤댔다.

"눈에 보이지 않는데 도토리 냄새가 나는 게 뭔지 알아?"

나는 신음 소리를 내며 말했다.

"몰라."

망아지가 웃음을 터뜨리며 말했다.

"다람쥐 방귀!"

다른 동물들도 따라서 웃었다.

"웃겼지? 안 그래?"

망아지가 칭찬을 바라는 듯 물었다.

나는 중얼거렸다.

"그래, 아주 웃겼어. 이제 그만 조용히 좀 해 줄래?"

하지만 내 동물 친구들이 조용해지자 머릿속에서 딜란 생각이
떠나지 않았다. 딜란의 회색 눈동자가 계속 눈앞에 떠오르고 협박
소리가 자꾸만 귓가에 맴돌았다.

'수학여행 가면 제대로 손봐 줄게.'

수학여행 당일

생존 의지는 아무리 나쁜 상황에 놓여 있더라도

절대로 포기하지 않는 정신을 의미한다.

생존에 가장 필요한 것은 강한 정신력이다. 포기할 것인가, 아니면 가능한 해결책을 찾기 위해서 노력할 것인가?

충분한 식량이나 물이 없어서, 혹은 부상으로 인해 움직일 수 없어서 위험에 처해 있으며 도저히 혼자 힘으로 그 상황을 벗어날 방법이 없을 때에는 구조 요청 신호를 보내야 한다.

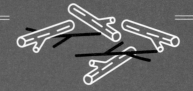

플랜 B

나는 침대에 누워 있었다. 겁이 나서인지 손발이 차가웠다.

지렁이가 애원했다.

"빨리 방법을 찾아봐."

플랜 B가 낫지 않을까? 나는 침대에서 일어났다. 부모님은 아직 자고 있었다. 나는 소리가 나지 않게 조심하며 얼굴이 빨개질 때가지 제자리 뛰기를 100번 했다.

망아지가 나를 격려했다.

"빈센트, 더 높이 뛰어!"

뺨이 화끈화끈 달아오르자 나는 얼른 욕실로 갔다. 그리고 변기 옆에 서서 가능한 한 크게 토하는 소리를 몇 차례 낸 다음 변기의 물을 세 번이나 내렸다. 그러고 나서 방으로 돌아와 침대 속으로 파고들었다.

엄마가 내 방에 오기까지는 얼마 걸리지 않았다. 엄마는 몸을 숙이고 나를 내려다봤다. 나는 잔뜩 잠긴 목소리로 토했다고 속삭였다. 엄마가 손을 내 이마에 대 보고 걱정스러운 얼굴로 말했다.

"이마가 불덩이네. 이런 상태로 수학여행 가는 건 무리야. 건강이 우선이지."

다행히 엄마는 내 체온을 재지는 않았다. 나는 그동안의 경험을 통해 토하거나 기절하거나 열이 나면 학교에 가지 않아도 된다는 사실을 알았다. 열이 난다는 건 꾸며 낼 수 없지만 토하거나 기절하는 척하는 건 별로 어렵지 않았다. 다만 그 방법을 지나치게 자주 사용해서는 안 된다.

부모님이 내게 수학여행에 갈 수 없게 되어 속상하겠다고, 무척 유감이라고 말했다. 나는 고개를 끄덕이면서 대꾸했다.

"괜찮아요. 정말로요. 잠이나 실컷 잘래요."

부모님은 오렌지 몇 개로 즙을 짜서 내가 마실 수 있도록 해 준다음 각자 일터로 사라졌다. 나는 소파에 편안하게 드러누워 〈스파이더맨〉 영화 여러 편을 다시 한번 봤다. 나는 스파이더맨을 좋아한다. 무엇보다도 스파이더맨이 하는 말이 멋있다. 예를 들면 이런 말이다.

"누구나 영웅이 될 수 있는 것은 아니다. 하지만 나로서는 평범한 삶을 살아간다는 것이 더 이상 가능하지 않다."

스파이더맨이 그렇게 생각하는 것은 초능력을 갖게 되었기 때문이다. 스파이더맨이 다른 사람들과 조금 다르다는 것도 내가 그를 좋아하는 이유다. 스파이더맨도 나처럼 괴롭힘을 당했다. 그럼에도 불구하고 영웅이 되었고 그에 관한 영화가 만들어졌다.

지렁이는 만족스러운 얼굴로 내 발끝에 몸을 둥글게 말고 있었다. 오늘은 내 생애 최고의 날들 가운데 하나였다. 물론 재키에게 영화를 같이 보겠냐고 물어볼 수 없다는 것은 유감이었다. 그리고 하필이면 내가 주방에서 치즈 오믈렛을 만들고 있을 때 아빠가 집으로 돌아온 것도 유감이었다.

아빠가 기쁜 표정으로 말했다.

"훨씬 나아졌구나. 다행이다."

그런 분위기에서 아직도 속이 좋지 않다고는 말할 수 없었다.

엄마가 집으로 돌아오자 두 분은 의논을 했다. 잠시 후 아빠가 내 방으로 왔다.

"빈센트, 네가 운이 좋구나. 내일 엄마 회의가 오후로 미루어져서 아침에 널 수학여행 장소까지 데려다줄 수 있단다. 내일 아침 6시에 출발할 수 있게 미리 짐을 싸 두렴."

내가 전혀 예상하지 못했던 상황이 벌어졌다. 배 속이 울렁거렸고 머리는 적당한 핑계를 찾느라 바삐 돌아갔지만 너무 늦었다. 나는 잠옷 차림으로 내 방에 서서 아빠 얼굴만 힘없이 바라봤다. 수학여행을 가야 한다는 생각만으로 온몸의 신경이 날카롭게 곤두섰다.

나는 머뭇거리며 입을 뗐다.

"아빠!"

"응?"

아빠가 대답을 하며 뭔가 이상하다는 걸 눈치챈 것처럼 내 얼굴을 살폈다.

"무슨 할 말 있니?"

"아니요."

"그래. 그럼 아빠는 한 바퀴 뛰고 오마."

나는 수학여행 장소로 가야 했다. 가지 않을 수 있는 유일한 방법은 부모님에게 모든 것을 털어놓는 것뿐이었다. 그런데 그렇게 되면 또 심리 치료를 받으러 가야 할 것이다. 그리고 부모님은 앞으로 몇 년 동안 매일 학교에서 어땠는지 꼬치꼬치 물어볼 게 분명하다. 그건 정말 힘든 일일 것이다. 상황이 나아지지 않으면 어차피 일주일 후에 샤를로테 누나가 부모님한테 말할 것이다. 무릎이 후들거렸다.

나는 아직도 선생님이 엄마한테 내가 친구가 거의 없는 것 같다고 말했을 때 엄마가 얼마나 속상한 표정을 지었는지 생생하게 기억한다. 엄마는 심지어 눈물까지 흘렸다.

그래서 나는 아무 말도 하지 않기로 했다. 짐은 이미 다 쌌다. 나는 팔 굽혀 펴기를 하고 난 후 필요한 것을 모두 챙겼는지 마지막으로 점검했다. 그리고 일지를 배낭에 집어넣었다.

침대에 누워 잠을 청했지만 머릿속이 너무 복잡했다. 수학여행지에서 4일 동안이나 다른 아이들과 함께 지내야 했다. 어떻게 그 기간을 무사히 넘기지?

그러다 결국 잠이 들었나 보다. 나는 엄마가 깨우는 소리에 소스라치게 놀라 일어났다.

'빈센트 대 세상'의 새로운 전쟁이 펼쳐지는 첫째 날이었다. 나는 얼른 옷을 갈아입고 서바이벌 키트를 옷 아래 숨겼다. 거의 6시가 다 되었다.

다람쥐가 물었다.

"준비됐니?"

나는 대답했다.

"응. 준비됐어."

세 시간도 채 지나지 않아 나는 벨기에 쪽 아르덴(프랑스와 벨기에, 룩셈부르크에 걸쳐 있는 거대한 삼림 지대) 숲속의 숙소 앞에 서 있었다. 엄마가 운전하는 차로 나무가 우거져 있는 좁은 도로를 한참 동안 왔기 때문에 나는 숙소가 숲 한가운데에 있다는 것을 알았다. 춥고 비가 왔다. 나는 뒷좌석에서 배낭을 꺼내 들고 숙소 안으로 들어갔다. 아이들은 아침 식사 중이었다. 재키가 나에게 손을 흔들었다. 타이히 선생님은 나를 보더니 자리에서 일어나 반겼다.

"몸 상태가 좋아져서 다행이구나."

선생님이 큰 소리로 말하며 환영하는 제스처로 손뼉을 쳤다.

나는 끔찍했지만 아무렇지 않은 척 표정을 관리했다.

선생님은 넓은 공동 침실로 나를 안내했다. 엄마는 오후 회의에 참석하기 위해 서둘러 출발해야 했다. 작별 인사를 하는 엄마를 보며 나는 눈물을 참기 위해 안간힘을 썼다. 다행스럽게도 엄마는 아무것도 눈치채지 못했다.

엄마가 명랑한 목소리로 말했다.

"금요일에 보자. 재미있게 지내고 와!"

나는 선생님이 알려 준 내 침대에 멍하니 앉아 있다가 잠시 후 짐을 꺼내 정리하기 시작했다. 침대 매트리스 위에 침낭을 올려놓고 그 아래에 손전등을 감추었다. 내 동물 친구들도 몸을 숨길 장소를 찾았다.

아침 식사 시간이 끝났다. 아이들은 식탁을 정리하고 설거지를 마쳤다. 그리고 숲에서 하는 놀이를 하러 가기 위해 비옷을 챙기러 우르르 공동 침실 안으로 들어와 수선스럽게 자기 침대를 향해 달려갔다. 딜란이 나를 향해 다가오는 것이 보였다. 나는 깜짝 놀라 몸을 곧추세우고 앉았다. 딜란은 나에게 윙크를 하더니 자기 침대에 걸터앉았다.

조금만 생각해 봐도 알 수 있었을 텐데 나는 미처 생각하지 못했다. 딜란의 옆자리에서 자고 싶은 아이는 당연히 없을 것이다. 슈테판이라면 모를까. 그런데 슈테판은 딜란의 위쪽 2층 침대를 차지했다. 나는 딱 하나 남은 자리를 배정받았고, 하필 그 자리가 딜란의 옆자리였다.

그 끔찍한 날의 나머지 시간 동안 우리는 비에 젖은 숲길을 느릿느릿 걸어갔다. 그리고 게임을 했다. 선생님은 우리 모두가 들을 수 있도록 고래고래 소리를 지르며 게임의 규칙을 설명했다. 게임은 그 어느 때보다도 멍청하게 느껴졌다. 나는 재키의 옆에서 걸어 가고 있었는데, 유감스럽게도 재키가 게임을 좋아한다는 사실을 알게 되었다. 그냥 좋아하는 정도가 아니라 완전히 푹 빠져서 엄청 열심히 했다.

첫 번째 게임은 '스트라테고(Stratego)' 게임이었다. 나는 재키의 곁에 붙어 있으려고 애를 썼지만 재키가 너무 빨리 달리는 바람에 실패하고 말았다. 그래서 무작정 숲속을 돌아다녔다.

나는 재키가 게임을 좋아한다는 것보다 훨씬 더 마음에 안 드는 사실을 알아차렸다. 재키는 모든 아이들에게 친절했다. 나한테만 친절한 것이 아니었다. 심지어는 딜란과 함께 웃고 있는 모습을 보기도 했다. 불안한 예감이 내 머릿속을 스쳤다. 전에 딜란이 내 친구가 되었다고 오해했던 것과 마찬가지로 재키와 내가 친구가 되었다고 생각한 것은 어쩌면 내 착각이었는지도 모른다. 아니면 재키는 반 아이들이 전부 자기 친구가 될 수 있다고 생각하는 것일 수도 있다.

저녁 식사 시간에 아이들은 서로 이야기를 주고받느라 왁자지껄했다. 재키는 나와 뚝 떨어져서 식당 맨 끝 쪽에 앉아 있었다. 자기 옆자리에 앉는 것이 나한테는 얼마나 중요한 일인지 전혀 모르는 것 같았다. 아이들의 말소리가 뒤섞여 내 귓전을 때렸고 나는 음식을 한 입도 삼킬 수가 없었다.

타이히 선생님이 음식을 고스란히 남긴 내 접시를 치우면서 물었다.

"아직도 속이 안 좋니?"

나는 그렇다는 뜻으로 고개를 끄덕인 후 자러 가도 되는지 물었다.

"하지만 금방 여우 잡기 게임을 시작할 건데······."

나는 여우 잡기 게임을 정말 싫어했다. 그래서 인상을 쓰며 말했다.

"속이 거북해요. 토할 것 같아요."

선생님들은 평상시 우리가 토하는 걸 끔찍하게 여겼다. 뒤처리를 해야 했기 때문이다.

타이히 선생님도 예외는 아니라 서둘러 나를 보내 주었다.

"그래. 그럼 어서 가서 누워 있으렴."

딜란은 어디에 있지?

나는 침대에 엎드려 내키지 않는 태도로 《서바이벌 핸드북》을 들척거렸다. 도무지 집중이 되지 않았다.

망아지가 조심스럽게 물었다.

"대머리에 관한 웃기는 이야기 알아?"

나는 힘없이 고개를 흔들었다.

"딱정벌레 둘이 대머리 위에 앉아 있어."

"그래서?"

딱정벌레가 궁금한 듯 물었다.

"딱정벌레 하나가 다른 딱정벌레한테 이렇게 말하는 거야. '너 기억나니? 전에 우리가 여기서 숨바꼭질을 했었는데.'"

내 동물 친구들은 포복절도했지만 나는 전혀 웃음이 나오지 않았다.

나는 결국 다람쥐를 품에 껴안은 채 잠이 들었다. 다른 아이들이 공동 침실로 오기 전까지 적어도 한 시간 정도, 아니 어쩌면 그이상 잠을 잔 것 같았다.

아이들이 잠옷으로 갈아입으며 온갖 쓸데없는 소리를 지껄였다. 집으로 돌아가는 금요일 전날 저녁에는 장기 자랑 시간이 있는데 그 시간이 끝나면 여자애들과 붙어서 춤을 출 기회가 있을지, 여자애들 중에서 누가 예쁜지 하는 그런 것들이었다. 누가 착한지, 누가 그렇지 않은지, 어떤 여자애가 남자애들과 붙어서 춤추는 걸 좋아하는지, 같이 다니자고 하면 그렇게 하겠다고 할 여자애가 누구인지…….

"난 엘린한테 같이 다니자고 할 건데, 너는?"

슈테판이 딜란에게 물었다.

"신경 꺼."

딜란이 무뚝뚝하게 대꾸했다.

"난 자클린한테 물어보려고."

토마스가 말했다.

갑자기 딜란이 큰 소리로 "안 돼!" 하고 외쳤다. 모두 놀라서 멈칫하며 딜란을 쳐다봤다.

딜란이 단호한 음성으로 말했다.

"자클린은 안 돼."

잠시 동안 아무도 입을 열지 않았다. 딜란은 자리에서 일어나더니 토마스의 침대로 가 그곳에 놓여 있는 《도날드덕》 만화책을 찢어 버렸다.

토마스가 당황한 얼굴로 중얼거렸다.

"알았어. 알아들었다고."

딜란이 자기 자리로 돌아가자 아이들은 마치 아무 일도 없었다는 듯 다시 대화를 이어 나갔다.

나는 토마스가 재키에게 같이 다닐 건지 물어보겠다는 말에 딜란이 왜 그렇게 예민하게 반응했는지 곰곰이 생각했다. 곁눈질로 딜란을 살짝 훔쳐봤다. 무슨 생각이지? 재키한테 같이 다니자고 물어보려는 건가? 그럼 어떻게 되는 걸까? 재키가 설마 좋다고 하는 건 아니겠지? 벌써 눈앞에 둘이 손을 잡고 사이좋게 숲속을 걸어 다니는 모습이 떠올랐다. 만일 그런 일이 일어난다면 집에 돌아가자마자 부모님한테 모든 걸 털어놓겠다고 나는 마음속으로 다짐했다.

다른 아이들이 대화에 정신이 팔려 있는 동안 작은 배낭을 몰래 꺼내서 내 침낭 안에 숨겼다. 작은 배낭 안에는 따뜻한 스웨터와 티셔츠, 그리고 운동화 한 켤레가 들어 있었다. 나는 긴바지와 티셔츠, 그리고 점퍼까지 입고 양말을 신은 채 침낭 안으로 기어 들어갔다. 허리에 찬 서바이벌 키트 통이 배를 찔렀다. 통은 납작하면서도 딱딱했다.

타이히 선생님이 들어와 이제는 자야 한다고 말했다. 아주 상냥하게 말했지만 앞으로 어떤 일이 일어날지 나는 이미 알고 있었다. 잠시 후면 다시 들어와 엄한 얼굴로 모두 조용히 해야 한다고 말할 것이다. 그러고 나서 또 한 번 갑자기 나타나 "이제 그만!" 하고 호통을 치겠지.

분명히 나는 잠이 오지 않을 것이다. 말똥말똥한 상태로 밤을 꼬박 새울 각오가 되어 있었다.

신기하게도 공동 침실 안이 조금씩 조용해지기 시작했다. 하긴 아이들에게는 오늘 밤이 수학여행을 와서 보내는 두 번째 밤이었다. 어제는 다들 잠을 이루지 못했을 것이다. 새벽 1시쯤 되어 나는 침대에서 몸을 일으키고 앉아 주변을 둘러봤다. 아이들은 대부분 잠이 든 것 같았다. 딜란 역시 더 이상 움직임이 없었다.

나는 조심스럽게 손전등을 켰다. 침대에 누웠을 때부터 계속 손전등을 꼭 쥐고 있었다. 손전등은 때로 나를 공격하는 상대에 맞설 아주 훌륭한 무기가 될 수 있기 때문이다. 나는 손전등으로 살그머니 딜란이 누워 있는 곳을 비춰 봤다. 머리를 비추고 나서 얼굴을 비추다 소스라치게 놀랐다. 딜란이 침대에서 두 눈을 뜬 채 나를 보며 미소를 짓고 있었다.

나는 얼른 손전등을 껐다. 심장이 미친 듯이 두근거렸다. 나는 아주 작은 움직임에도 날아갈 준비가 되어 있는 깃털처럼 잔뜩 긴장한 채 누워 있었다. 나한테 무슨 짓을 할 계획인 걸까? 도무지 짐작이 가지 않았다. 갑자기 덮칠 생각인가? 나를 죽이려는 걸까?

딱정벌레가 경고했다.

"분명히 네가 전혀 예상하지 못하는 일일 거야."

나는 영원처럼 느껴지는 긴 시간 동안 꼼짝하지 않고 침대에 가만히 누워 있었다. 아무 일도 일어나지 않았다. 아무 소리도 들리지 않았다. 나는 마음속으로 딜란에게 속삭였다.

'제발 그냥 자. 아니면 사라져. 공기 중으로 흩어져 버려. 거기에 있지 말고.'

다람쥐가 말했다.

"빈스, 그건 불가능하잖아."

아주 오랜 시간이 흐른 후 나는 손전등을 다시 켰다. 불빛을 천천히 바닥에 비추다가 조금씩 딜란의 침대 가까이로 가져갔다. 불빛이 침대 기둥을 비추다가 베개를 비추었다. 텅 비어 있었다. 나는 손전등을 조금 아래로 내렸다. 아무도 없었다.

딱정벌레가 불안한 표정으로 부르짖었다.

"어떡해!"

대체 어디 있는 거지? 나는 조용히 몸을 일으켜 앉아 다시 한 번 불빛을 잘 비추어 봤다.

딜란은 정말로 자기 침대에 누워 있지 않았다. 나는 얼른 공동 침실 전체를 불빛으로 이리저리 비추어 봤다. 모두 자고 있었다. 나는 아이들의 침대 아래쪽은 물론이고 구석구석 빠뜨린 곳 없이 손전등을 비추며 살펴보았지만 딜란은 어느 곳에서도 보이지 않았다.

손이 떨리기 시작했다. 망아지가 뒷다리를 공중으로 치켜들었고 지렁이는 뻣뻣하게 굳은 채로 내 베개 옆에 누워 있었다. 이제 딜란이 있을 만한 장소는 오직 한 군데뿐이었다. 너무나 가까운 장소, 거기 있을지도 모른다는 생각만으로 겁이 나서 숨도 제대로 쉴 수 없었다.

동물 친구들이 겁에 질려 속삭였다.

"제발 아니었으면 좋겠다."

나는 딜란이 스파이더맨 동작을 할 거라고 기대라도 하는 것처럼 일단 내 이불 위를 살펴봤다. 거기에도 역시 아무도 없었다.

내가 빠뜨린 유일한 장소는 바로 내 침대 밑이었다. 혹시 거기 숨어 있는 걸까? 하지만 단 한순간도 잠들지 않았고, 귀를 쫑긋 세운 채 누워 있었는데? 나는 차마 내 침대 아래쪽을 내려다볼 엄두가 나지 않았다.

동물 친구들이 애원했다.

"제발 침대 아래를 확인해 봐!"

침대 밑을 확인해 봐야 했다. 나는 머릿속으로 숫자를 셋까지 세었다. 동물 친구들은 숨을 죽였고 나는 손전등으로 침대 아래쪽을 비추었다.

도망쳐, 빈스!

딜란이 그곳에 숨어 있었다. 그리고 내가 미처 손전등을 휘두르기도 전에 내 손을 잡아당겨 침대 밖으로 끌어냈다. 망아지가 소스라치게 놀라 뒷다리로 벌떡 일어섰다.

딜란은 내 몸에 올라타 무릎으로 내 위팔을 누르고는 손으로 내 입을 틀어막았다. 나는 소리를 지르려고 했지만 마치 악몽을 꿀 때 갑자기 목소리가 꽉 막혀 나오지 않는 것처럼 목구멍에서 아무 소리도 낼 수가 없었다. 나는 안간힘을 다해 싸웠다. 그러나 싸움이 제대로 시작하기도 전에 이미 진 것이나 다름없었다. 몸을 움직일 수가 없었다. 망아지는 공동 침실 안에서 미친 듯 날뛰었다. 나는 온 힘을 다해 몸을 옆으로 돌리려고 애썼다. 그 순간 어찌된 영문인지 갑자기 딜란이 조금 느슨해졌다. 몸을 빼낼 단 몇 초간의 시간이 주어진 것이다.

나는 벌떡 일어나 배낭을 잽싸게 채서 달리기 시작했다. 이런저런 궁리를 할 시간은 없었다. 머릿속에는 오로지 한 가지 생각밖에 없었다. 여기서 벗어나야 해!

"빈스, 서둘러!"

내 뒤에서 딱정벌레가 외쳤다.

나는 복도를 지나가며 몸을 숨길 적당한 장소를 필사적으로 찾았다.

지렁이가 소리쳤다.

"주방으로 가!"

좋은 생각이었다. 주방에는 서랍장도 많고 출입문도 여러 개 있을 뿐만 아니라 구석구석 숨을 데도 많았다. 나는 주방으로 달려갔다. 딜란이 내 뒤를 바짝 쫓아오고 있었다. 나는 가까스로 붙잡히지 않고 주방 안으로 들어섰다. 하지만 주방 안으로 들어서자마자 그곳을 피난처로 삼은 것은 결코 좋은 생각이 아니었음을 깨달았다.

딜란이 주방문을 바깥쪽에서 걸어 잠그는 소리가 들렸다. 나는 꼼짝없이 안에 갇히고 말았다. 밖에서 딜란이 크고 높은 소리로 의기양양하게 웃었다.

나는 잔뜩 겁에 질린 채 주위를 둘러봤다.

망아지가 겁먹은 소리로 물었다.

"이제 어쩌지?"

문 너머로 딜란이 누군가를 부르는 소리가 둔탁하게 들려왔다.

슈테판의 목소리도 들리는 것 같았다. 혹시 내 착각일까? 너무 무서워서 정신이 이상해졌나? 언젠가 수면 부족으로 미쳐 버린 사람들에 관한 글을 읽은 적이 있었다. 수면 부족은 사실 우리가 얼마든지 맞닥뜨릴 수 있는 문제다. 예를 들어 정글에서 혼자 고립된 채 생존을 위해 싸워야 하는 상황인데 위험한 동물이 지척에 있다면 절대 잠을 잘 수 없다. 혹은 높은 산에 추락한 비행기 사고에서 아슬아슬하게 살아남았는데 자다가 아래로 떨어질 위험이 있다면 잠이 올 리가 없다.

내 정신이 이상해진 것이 아니라면? 딜란과 슈테판이 미리 계획을 세운 걸까? 나는 주방 안을 둘러봤다. 조리대 위에는 다음 날 아침 식사에 사용할 그릇들이 벌써 준비되어 있었다.

나는 마침내 결정을 내렸다. 심사숙고한 끝에 내린 결정이라고는 말할 수 없다. 어차피 충분히 생각할 시간이 주어지지 않는 상황에서 어쩔 수 없이 선택한 것이니까.

언제라도 딜란 일행이 들어올 수 있기 때문에 주방은 나에게 다른 어떤 곳보다 더 위험했다. 그러니 여기에서 벗어나야 했다.

"자, 다리야 날 살려라 도망치는 거야."

지렁이가 신이 나서 외쳤다. 우리 중 유일하게 다리가 없으면서 그런 말을 하다니! 말도 안 됐지만 상관없었다. 나머지 동물들도 환성을 질렀다.

"그래. 쏜살같이 도망치자."

나는 배낭에서 운동화를 꺼내 갈아 신고 끈을 단단히 묶었다.

그러고 나서 선반에 있는 냄비 하나를 들어 배낭 안에 집어넣었다. 식료품 수납장에 있는 식빵과 비스킷도 넣었다. 그리고 냉장고를 열어 사과 주스 종이팩 한 개도 챙겼다.

주방문 밖에서 딜란과 슈테판이 목소리를 낮춰 대화를 나누는 소리가 들려왔다. 나는 두 아이가 무슨 이야기를 하는지 듣는 대신 조리대 위로 올라갔다. 그리고 창틀을 더듬어 손잡이를 잡고 옆으로 밀었다. 수십 년 동안 사용한 적이 없었는지 창문은 꿈쩍도 하지 않았다. 온 힘을 다해 옆으로 밀자 창문이 조금씩 열리기 시작했다.

"쟤, 뭐 하는 거지?"

밖에서 아이들이 말하는 소리가 들렸다. 무언가를 밟고 올라서서 주방문 위쪽의 작은 창을 통해 안을 들여다본 모양이었다.

잠시 후 두 아이가 주방 안으로 뛰어 들어왔다. 요란한 소리가 났다. 무언가 넘어지는 소리였다. 아이들이 서둘러 나를 붙잡았지만 나는 용케 창틀 사이로 빠져나왔다. 그 순간 시야에 무언가 번쩍거리는 것이 잡혔다. 하지만 내 온 신경은 창턱에 쏠려 있었다. 당장에라도 아래로 뛰어내려야 했다. 무언가 찢어지는 소리와 함께 팔을 찌르는 날카로운 통증이 느껴졌지만, 나는 아래로 훌쩍 뛰어내렸다. 그리고 발이 바닥에 닿자마자 정신없이 달리기 시작했다.

태어나 그렇게 빨리 달린 적은 한 번도 없었다. 숨이 턱까지 차오르고 심장은 레드 핫 칠리 페퍼스의 베이스 기타처럼 빠르게 둥

둥거렸다. 눈앞이 거의 보이지 않을 정도로 어두웠다. 그래도 나는 숲 바닥에 있는 나무둥치와 나뭇가지, 움푹 팬 구덩이들을 피해 앞으로 계속 달렸다. 정말로 겁이 나는 상황이 되면 평소보다 더 잘 보이고, 냄새도 더 잘 맡고, 더 빨리 달릴 수 있다고 하던데, 그 말이 맞다는 걸 그제야 알 것 같았다.

시냇가

바로 앞에서 찰싹거리는 물소리가 들렸다. 나는 더 이상 갈 수 없다고 판단하고 바닥에 털썩 주저앉아 꼼짝도 하지 않았다.

숨을 죽이고 귀를 기울였다. 아이들이 나를 쫓아왔을까? 아직도 나를 뒤쫓는 중일까? 아니면 내가 중간에 그 아이들을 완전히 따돌렸을까?

내가 앉아 있는 곳은 돌이 잔뜩 깔려 있는 장소였다. 나는 양무릎 사이에 고개를 숙이고 가쁜 호흡을 진정시키려고 애썼다. 헉헉거리는 내 숨소리가 깊은 밤 숲을 감싼 정적 속에서 귀청을 울릴 정도로 크게 느껴졌다. 사방을 둘러보았지만 너무나 어두웠다. 아무리 애를 써도 아무것도 알아볼 수가 없었다.

나는 바람 소리에 귀를 기울였다. 바람 소리가 점점 커지더니 내 쪽으로 서서히 다가왔다. 땀에 젖어 등에 달라붙은 옷 사이로 바람이 훅 지나갔다. 오싹하니 등에 소름이 돋았다. 나뭇가지가 탁 부러지는 소리, 나뭇잎들이 바스락대는 소리가 들렸다. 생각보다 크게 들렸다. 바람이 지나가자 숲은 다시 고요해졌다.

"내 이름은 빈센트야."

나는 어둠에 대고 속삭였다. 혼잣말을 하는 것이 도움이 되기 때문이었다.

내 동물 친구들은 어디 있는 걸까?

"내 이름은 빈센트야. 나는 열네 살이고, 야생에서 생존하는 법에 관한 책들을 읽었어. 내 방에는 〈스파이더맨〉 포스터가 걸려 있어. 내 이름은 빈센트고, 나는 무섭지 않아. 하나도, 하나도 무섭지 않아."

나는 혼잣말을 계속 반복했다.

"내 이름은 빈센트야. 나는 무섭지 않아."

첫 번째 문장은 사실이고 두 번째 문장은 분명 사실이 아니지만 나는 그것을 사실이라고 믿어야 했다. 꼭 그래야만 했다.

호흡이 서서히 편안해졌다. 나는 입을 꼭 다물었다.

내가 혼잣말을 그치고 더 이상 소리를 내지 않자 주변의 소리가 훨씬 더 선명하게 구분이 되었다. 나뭇가지가 뚝 꺾이는 소리, 나뭇잎이 바닥으로 팔랑거리며 떨어지는 소리, 멀리서 들려오는 이름 모를 동물의 울음소리……. 머지않아 동이 틀 것이라는 사실은 알고 있었지만 과연 그럴지 의심스러웠다.

그 순간 가느다란 햇살이 대지의 가장자리에 첫 번째 발걸음을 내딛더니 물과 땅 위를 달려와 나무 사이로 스며들었다. 그러자 나를 둘러싼 주위의 풍경이 순식간에 달라졌다. 마치 요정이 마법 지팡이로 나무들을 건드리고 내 주변 세상에 반짝이는 금가루를 뿌리는 것 같았다. 하늘은 처음에는 보라색으로 물들었다가 파란색으로 변하더니 하얘졌다. 나무들이 보이고 시냇물이 보였다. 시냇가에는 조약돌이 가득 깔려 있었다.

그때 내 동물 친구들이 갑자기 다시 나타났다. 아무 말 없이 내 뒤에 앉아 귀를 쫑긋 세우고 몸을 잔뜩 웅크린 채 이제 무슨 일이 닥칠지 기다리고 있었다.

조금 떨어진 곳에 내 배낭이 보였다. 나는 마음속으로 기쁨의 환호성을 질렀다. 아직 나한테는 배낭이 있었다! 헉헉거리며 이곳에 도착해 쓰러지면서 떨어뜨린 것 같았다. 나는 배낭을 끌어당기려고 팔을 뻗다가 팔이 너무 아파서 멈칫했다.

몇 시나 되었을까? 6시?

시냇물이 냇가를 넘실대며 흘렀다. 최근에 줄곧 비가 내렸으니 당연하다. 내 눈에 보이는 것은 오로지 자연뿐이었다. 지금 내가 있는 이 숲은 크기가 얼마나 될까? 수학여행을 떠나기 전 이곳 지리를 구글 맵으로 꼼꼼하게 조사하겠다는 계획을 실행에 옮기지 못한 나 자신이 한없이 원망스러웠다. 내가 지금 있는 장소가 어디쯤인지 도무지 짐작도 가지 않았다.

"우리 이제 어떻게 해?"

지렁이가 바들바들 떨리는 음성으로 물었다. 이곳은 정말 지렁이에게는 끔찍한 장소였다.

"뭔가 계획이 있는 거지?"

딱정벌레가 불안감을 감추지 못하며 물었다.

나에게는 아무런 계획이 없었다.

어딘가에 등을 기대고 싶지만 기댈 데가 없었다. 그러다가 문득 돌에 붉은색 액체가 묻어 있는 것이 눈에 띄었다. 아직 축축하게 젖어 있었다.

망아지가 울부짖었다.

"피야!"

나는 소스라치게 놀라 주위를 둘러봤다. 근처에 누가 있는 걸까? 나는 숨을 죽이고 무슨 소리가 나는지 기다렸다. 아무 소리도 나지 않았다. 나는 눈으로 핏자국을 따라가면서 마음속으로 최악의 상황에 대비했다.

"여기 야생 동물도 있는 거야?"

딱정벌레가 잔뜩 겁먹은 소리로 물었다.

적절한 질문이었다. 나는 하이에나가 사냥감을 습격해 끌고 가는 모습을 상상했다.

"아니. 여기에는 야생 동물이 없어."

어떤 경우에도 냉정을 잃지 않는 다람쥐가 단호하게 부인했다.

"티라노사우루스가 있는 건 아닐까?"

다람쥐는 기가 막히다는 듯 눈동자를 굴렸다.

"말도 안 되는 소리 하지 마. 공룡이 사라진 지가 얼마나 오래

됐는데."

물론 나도 그 사실을 알고 있었다. 하지만 이렇게 거대한 숲속에 혼자 있다 보니 말짱한 정신을 유지하기가 점점 힘들어졌다.

핏자국은 지그재그 형태로 이어져 있었다. 길게 늘어진 선 모양도 여러 군데 있었다. 마치 누군가 혹은 무엇인가 상처를 입은 채 발을 질질 끌면서 걷느라 생긴 것처럼 보였다. 나무가 우거진 곳에 이르자 핏자국은 더 이상 보이지 않았다.

"집에 가고 싶어!"

지렁이가 징징거렸다.

"팔이 왜 그러니?"

다람쥐가 생각에 잠긴 얼굴로 물었다.

나는 다시 팔을 뻗어 배낭을 잡아당기려고 시도하다가 나도 모르게 그만 큰 소리로 비명을 지르고 말았다. 비명 소리가 숲 전체에 울려 퍼졌다. 오른쪽 소매가 찢어져 있었고 검붉은 색으로 물들어 있었다. 피였다! 오른쪽 팔에 상처를 입은 것이다! 바닥에 떨어진 핏자국은 내가 흘린 피였다.

나는 언제 어떻게 다쳤는지 기억해 내려고 애썼지만 생각이 나지 않았다. 지난밤에 대한 기억은 온통 혼란스럽기 짝이 없었다. 귀를 스쳐 가는 바람이 쉭쉭거리는 소리가 날 정도로 정신없이 달렸다는 기억밖에 나지 않았다. 내 머릿속에는 오직 한 가지 목표뿐이었다. 어떻게든 그 자리에서 도망쳐 숨어야 한다는 것, 무슨 일이 있어도 딜란과 슈테판에게 잡혀서는 안 된다는 것.

다람쥐가 차분하게 타일렀다.

"당황하지 마. 상처가 나면 어떻게 해야 하는지 알고 있잖아. 침착하게 네가 아는 대로 하면 돼."

그 말이 맞았다. 상처를 처치하는 방법은 《서바이벌 핸드북》의…… 몇 쪽에 나와 있는지는 기억이 나지 않았다. 하지만 상관없었다.

다람쥐가 도움이 되는 말을 해 주었다.

"잘 생각해 봐. 검붉은 피야."

그 말을 듣자 바로 생각이 났다. 검붉은 피는 동맥 출혈이 아니라는 사실을 의미했다.

나는 조심스럽게 점퍼를 벗기 시작했다. 통증으로 팔을 거의 움직일 수가 없어서 여간 힘든 게 아니었다. 정말 아팠다. 나는 소매를 잡아당겨 상처 난 팔을 조금씩 빼냈다. 당장 할 일이 생겨 그 일에 집중하다 보니 마음이 고요하게 가라앉는 것이 느껴졌다.

"내 이름은 빈센트야. 나는 열네 살이고, 《서바이벌 핸드북》 내용을 통째로 외우고 있어."

나는 이렇게 중얼거리며 점퍼를 살금살금 잡아당겼다. 마침내 점퍼가 땅바닥에 떨어졌다. 팔꿈치에서 손목에 이르는 부분에 상처가 나 있었다. 수직으로 깊게 파인 상처였다. 옷을 뚫고 그렇게 깊이 상처를 낸 것으로 보아 나뭇가지일 리는 없었다. 분명히 금속으로 된 날카로운 물체였을 것이다. 상처를 보고 나서야 비로소 창문으로 뛰어내릴 때 찌르는 듯한 통증을 느꼈던 일이 기억났다. 시야에 무언가 번쩍이는 것이 비쳤던 것도 생각이 났다. 딜란이 칼로 내 팔을 그은 건 아닐까?

상처에서 피가 방울방울 맺혀 흐르고 있었다. 동맥 출혈이 아닌 것은 확실하니 다행이지만 피가 계속 흐르는 채로 두는 것은 좋지 않았다.

물론 생명이 위험한 상황은 아니었다. 하지만 한 가지 심각한 문제가 있었다. 상처를 소독하지 않으면 감염의 위험이 있다는 것이다. 감염이 되면 에너지 손실도 막대하다. 나는 혼자 숲속에 있었고 나를 도와줄 사람은 아무도 없었다. 그런 상황에서 에너지를 너무 많이 소진하면 절대로 안 된다.

나는 얼른 자리에서 일어섰다. 아주 잠깐 어지럼증이 생겼다.

망아지가 다그쳤다.

"서둘러!"

나는 비틀거리는 걸음으로 시냇물 가까이 다가갔다. 상처를 소독하려면 끓인 물이 필요했기 때문이다. 하지만 성냥개비나 부싯돌 혹은 돋보기를 사용해 불을 피우고 물을 끓이려면 시간이 너무 많이 걸린다. 감염의 위험성을 줄이려면 최대한 빨리 소독을 해야 했다. 갑자기 《서바이벌 핸드북》 320쪽 중간 부근에 적혀 있던 내용이 떠올랐다. 소변에는 소독 효과가 있다는 내용이었다. 나는 이런저런 생각을 할 겨를도 없이 그냥 왼손으로 바지 지퍼를 내리고 몸을 살짝 구부려 오른팔 상처 부분에 닿도록 소변을 봤다.

별로 어려운 일도 아니었다. 단지 한 번도 이런 일을 해 본 적이 없었을 뿐이다. 이런 일을 해야만 하는 상황이 오리라고는, 그리고 그런 상황이 되면 내가 실제로 이런 일을 할 수 있으리라고는 꿈에도 생각지 못했다. 상처 위에 따뜻한 소변 줄기가 쏟아지자 견딜 수 없을 정도로 화끈거렸다.

다람쥐가 칭찬했다.

"빈센트, 잘했어!"

내 이름은 빈센트고, 팔에 오줌을 눈 적이 있어.

이제 상처를 싸매야 했다. 그런데 아직도 피가 몽글몽글 새어 나왔다. 붕대로 상처를 싸매면 금방 다 젖어 버릴 것 같아서 나는 배낭에서 깨끗한 티셔츠를 꺼내 최대한 단단하게 팔을 묶었다. 그러고는 그 위에 스웨터와 점퍼를 다시 입었다. 출혈로 잃어버린 수분을 보충하기 위해서는 물을 많이 마셔야 했다. 그래서 지난밤에 배낭 안에 넣어 두었던 작은 냄비를 꺼냈다.

내 이름은 빈센트고, 냄비를 훔친 적이 있어.

나는 무릎으로 엉금엉금 기어가 냄비로 시냇물을 떴다. 그리고 바닥에 주저앉아서 냄비에 담긴 물을 천천히 다 마셨다.

그런 뒤에는 그 자리에 가만히 앉아 있었다. 추웠다. 여기저기에 피가 묻어 있었고 몸에서는 오줌 냄새가 났다. 당장 할 일이 없어지자 두려움이 다시 덮쳐 왔다.

살아남기

저체온증에 걸린 사람은 종종 이상한 반응을 보인다.

갑작스러운 에너지 방출과 극도의 무기력증이 번갈아 가며 나타난다.

저체온증에 걸렸는지의 여부는 다음 증상을 통해 판별할 수 있다. 오한, 창백하고 서늘한 피부, 느리고 불안정한 움직임, 비틀거리거나 넘어짐, 반사 기능 소실. 심한 경우 혼수상태에 이르며 적절한 조치를 취하지 않는다면 사망으로 이어질 수도 있다.

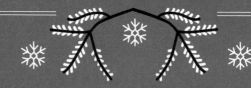

나는 돌아가지 않는다

몇 시나 되었을까? 나는 하늘을 올려다봤다. 벌써 7시는 되었을 것 같았다.

지렁이가 불안한 음성으로 물었다.

"이제 어쩔 거야?"

나는 아무 대답도 하지 않았다. 어떻게 해야 할지 생각하면 생각할수록 점점 더 막막했다.

숙소로 되돌아갈 수는 없었다. 아무리 생각해도 도저히 그렇게 할 수는 없었다. 재키가 거기 있다고 해도 다시는 그곳에 가지 않을 생각이었다. 어쩌면 내가 없어진 것을 알고 재키가 걱정을 할지도 모르지만 딜란이 거기에 있는 한 절대로 돌아갈 순 없었다.

그렇다고 해서 집으로 돌아갈 수도 없었다. 어느 방향으로 가야 집이 나오는지도 몰랐다. 설령 태양의 위치와 내 기억을 참고해서 자동차를 타고 왔던 길을 알아낸다고 하더라도 거리가 너무 멀었다. 걸어서 가려면 아마도 며칠은 걸릴 것이다. 지나가는 자동차를 얻어 타고 가는 방법도 있겠지만 집에 도착해서 부모님한테는 뭐라고 해야 할까? 저 돌아왔어요? 엄마, 아빠한테 안녕히 주무시라는 인사를 하러 왔어요?

당연히 부모님은 무슨 일인지 걱정을 할 것이다. 200킬로미터나 되는 거리를 걷거나 남의 차를 얻어 타고 집까지 온다는 건 있을 수 없는 일일 테니까. 게다가 재키가 나중에 알게 된다면 뭐라고 할까? 부모님이나 재키가 내 행동을 이해하기 바란다면 모든 걸 털어놓아야 할 것이다. 하지만 나는 그러고 싶지 않았다. 부모님에게도, 그리고 재키에게도 내가 겪고 있는 일을 말하고 싶지 않았다. 다른 아이들이 모두 자기를 싫어해서 친구 하나 없이 지낸다는 사실을 남에게 아무렇지도 않게 털어놓을 수 있는 사람은 없을 것이다.

그러니 아무리 생각해 보아도 숙소로도, 집으로도 돌아갈 수는 없었다. 그냥 이 숲에 머무는 것 외에는 방법이 없었다.

나를 둘러싼 짙푸른 녹음을 바라봤다. 아직은 초록색이지만 벌써 9월이니 조만간 가을이 무르익으면 단풍이 들 것이다. 기온은 점점 떨어져 밤이면 추워서 벌벌 떨게 될 것이고, 그러면……. 나는 더 생각하는 것을 멈추었다.

망아지가 걱정이 가득한 목소리로 물었다.

"우리 어디로 가지?"

나는 아무런 대답도 하지 못했다. 가장 가까운 도시까지 가려면 하루 종일 걸어야 할 것이다. 가장 가까운 도시라면 뤼티히일 것 같은데 확실하지는 않았다. 엄마 차를 타고 오는 동안《도널드 덕》을 읽느라 바깥 풍경에 신경을 쓰지 않았기 때문이다.

망아지가 한탄조로 부르짖었다.

"대체 무슨 짓을 한 거야?"

지렁이가 신음 소리를 냈다.

"왜 무작정 도망쳤어?"

내가 무사히 도망쳤을 때 환성을 질렀던 것은 어느새 잊어버린 모양이었다.

갑자기 잊고 있었던 사실이 생각났다. 이제야 생각난 것이 오히려 이상할 정도였다. 어젯밤 주방 창문으로 뛰어내려 숲을 향해 헐레벌떡 도망치느라 미처 생각하지 못한 것 같다.

내 소원 중 하나가 야생에서 생존하는 일을 실제로 체험해 보는 것이었다. 도시에 있는 공원에서 식용 가능한 식물을 찾는 일 따위를 말하는 것이 아니다. 하루 종일 걸어도 사람 한 명 마주치지 않는 깊은 숲속에서 혼자 살아 보고 싶었다.

언젠가 엄마가 나한테 여름방학에 가장 하고 싶은 일이 무어냐고 물어봤을 때 나는 이렇게 대답했다.

"아무도 없는 야생의 숲에 데려다줄 수 있어요?"

산책로도, 둘레길도 없는 숲, 울창한 나무들이 끝없이 이어져 있는 숲을 말한 것이었다. 그런 숲에 냄비와 물병, 성냥과 방수가 되는 옷가지, 그리고 나침반만 가지고 가고 싶었다.

"그런 숲에 저를 내려놓고 일주일 후에 같은 장소로 데리러 올 수 있어요?"

나는 진심으로 숲속 생존을 시험해 보고 싶었지만 엄마는 농담이라고 여겼는지 그냥 웃어넘겼다.

지금이야말로 내가 그토록 꿈꿔 왔던 순간이다. 나는 흥분해서 온몸이 떨릴 지경이었다. 내 결심을 큰 소리로 알릴 필요도 없었다. 어차피 여기에는 들을 사람이 한 명도 없으니까. 동물 친구들은 내 계획을 이미 알고 있었다. 나는 내 결정을 더 확고하게 하기 위해서 이렇게 기록했다.

나는 돌아가지 않는다. 절대로!

서바이벌 훈련을 하는 사람이라면 누구나 일지를 작성하는 일이 얼마나 중요한지 알고 있다. 날짜와 시각, 기온과 현재 위치, 그리고 식량을 발견한 장소 등을 반드시 기록해야 한다. 그래야만 다음에 같은 장소를 탐험할 때 필요한 정보를 확보할 수 있다. 일지는 비행기의 비행 자료를 자동으로 기록하는 블랙박스 장치와 마찬가지 기능을 갖고 있다. 만일 서바이벌 탐험 도중 탐험가가 사망한다면 그가 기록한 일지가 사망 원인을 밝히는 데 중요한 역할을 할 테니까.

9월 17일 수요일, 숲속 어딘가(은하계>지구>유럽>벨기에>아르덴 산맥), 가벼운 부상을 입었으나 전체적으로 건강은 양호한 상태. 탐험 제1일이 시작됨.

머릿속에서 온갖 생각들이 두서없이 휘몰아쳤다. 나는 일지를 꺼내 '위험과 주의 사항' 부분을 펼치고 '탐험 목표' 칸에 "흔적 없이 사라지는 것"이라고 적었다. 이 숲속에 머물고 싶다면 사람들에게 발견되면 안 되기 때문이다.

다람쥐가 조심스럽게 충고했다.

"흔적을 남기지 않고 사라지는 일은 생각보다 훨씬 어려울걸."

나도 잘 알고 있었다. 내가 비록 체구가 작아 숨기 쉽다 해도 사람들이 본격적으로 나를 찾기 시작하면 발견되지 않기란 쉽지 않을 것이다.

생존 규칙

나는 흔적을 남기지 않고 사라지기 위해서 필요한 규칙들을 곧바로 정했다.

발자국 외에는 어떤 것도 남기지 않는다.

기억 외에는 어떤 것도 갖고 가지 않는다.

쓰레기를 남기지 않는다.

항상 주변에서 들리는 소리에 주의를 기울인다.

몸을 숨길 수 없는 빈터를 피한다.

불을 피운 흔적과 음식을 먹은 흔적을 땅속에 파묻는다.

잠자리는 항상 언제라도 떠날 수 있도록 만든다.

한 장소에 절대로 오래 머물지 않는다.

가능한 한 소리를 내지 않고 움직인다.

나는 배낭 안의 물건들을 점검했다. 어젯밤 급하게 배낭을 챙기면서 넣은 게 뭐였더라? 식빵과 바닐라 맛 비스킷 반 통, 그리고 1리터짜리 사과 주스 한 팩이 전부였다.

"참 잘했네!"

동물 친구들이 어처구니없다는 듯 코웃음을 쳤다.

내가 지금 가지고 있는 것이라고는 식빵 한 덩어리와 비스킷 다섯 개, 사과 주스, 따뜻한 옷, 그리고 서바이벌 키트가 전부였다. 아껴서 먹는다면 이틀 정도는 버틸 수 있었다. 침낭을 가져오진 못했지만 다행히 제일 따뜻한 스웨터와 오른팔 부분이 찢어진 점퍼를 걸치고 있었다.

"일단 뭣 좀 먹자."

지렁이가 눈동자를 빛내며 제안했다.

나는 식빵 봉지에서 식빵 한 개를 꺼내 가운데를 망아지에게 주고 가장자리는 딱정벌레와 다람쥐, 지렁이에게 나누어 주었다. 그리고 나도 식빵 몇 개를 꺼내 먹었다. 빵 위에 바를 것이 아무것도 없었지만 괜찮았다. 먹을 것이 있다는 사실만으로도 충분히 행복했으니까. 나는 빵을 먹으면서 주변을 찬찬히 둘러봤다.

이곳은 야생 서바이벌 체험을 시도해 보는 데 결코 나쁘지 않은 장소였다. 물이 있고 필요하다면 피난처가 되어 줄 나무들도 있었다. 무엇보다도 추위를 막아 주고 잠자리가 될 수 있는 장소를 확보해야 했다. 내 기억이 맞다면 밤에는 숲속의 기온이 3도까지 떨어질 것이다.

나는 머릿속으로 《서바이벌 핸드북》에서 생존에 반드시 필요하다고 했던 것들을 되짚어 보았다.

동물 친구들을 바라보니 모두 볼이 미어지도록 빵을 먹으면서 망아지가 해 주는 웃기는 이야기를 듣고 있었다. 지금 이렇게 긴박한 순간에 웃기는 이야기나 들으며 낄낄거리다니 참을 수가 없었다. 서바이벌 모험이 시작되는 중요한 순간이건만! 우리 모두 힘을 합쳐 이 모험을 잘 헤쳐 나가야 하는데, 동물 친구들은 우리가 어떤 처지에 놓였는지 제대로 알지도 못하는 듯했다. 그러니 몇 가지 중요한 사실들을 미리 알려 주어야 했다. 나는 동물 친구들의 주의를 돌리기 위해 헛기침을 했다.

"모든 건 얼마나 많이, 그리고 얼마나 정확하게 알고 있느냐에 달려 있어."

동물 친구들은 잠깐 고개를 들어 나를 보더니 다시 먹는 데 신경을 쏟았다.

"제발 집중해서 들어 봐. 그런데 아는 것보다 훨씬 더 중요한 게 있어. 그게 뭐냐면……."

"짐작도 안 가는데."

딱정벌레가 툴툴거렸다.

"꼭 지금 그 얘기를 해야 해?"

망아지가 짜증을 냈다.

"그래."

나는 단호하게 대답했다. 목소리가 저절로 높아졌다.

"너희에게 생존 의지가 얼마나 중요한지 말해 주려는 거야. 생존 의지가 정확하게 뭔지는 전에 설명했었지?"

망아지가 내 말에 아랑곳하지 않고 물었다.

"모험을 떠난 남자아이에 관한 웃기는 얘기가 어떻게 되더라?"

지렁이와 딱정벌레가 곰곰이 생각에 잠겼다.

다람쥐가 말했다.

"모험을 아예 안 가는 거 아니야?"

"생존 의지가 결정적이라니까!"

내가 큰 소리로 외치자 동물 친구들이 드디어 나를 주목했다.

"야생에 고립되어 혼자 살아남아야 할 때 자기가 어떻게 행동하게 될지 미리 알 수 있는 사람은 아무도 없어. 자기가 언젠가 돌아갈 수 있다는 확신을 계속 간직하는 사람에 속할지, 아니면 반대로 금방 포기하는 사람에 속할지 미리 알 수 없다고. 생존 의지 없이는 생존할 수 없어! 금방 절망에 빠지는 사람은 살아남을 가망이 없다는 말이야. 사냥감을 노리는 호랑이가 접근하기만 해도 끝장나는 거지. 살짝 겁이 나기만 해도 모험은 포기하고 덤불 속에 숨을 거야. 나뭇가지에 긁히기만 해도 노트북을 열어 해변의 휴양지를 예약할걸."

지렁이가 뾰로통한 얼굴로 불평했다.

"칫, 꼭 그렇게 기분 나쁜 이야기를 해야 해?"

나는 달래는 어조로 대답했다.

"듣기 싫을지도 몰라. 하지만 그게 엄연한 현실이야."

망아지가 투덜거렸다.

"아이참! 하필이면 우리가 한창 재미있을 때 그런 이야기를 하다니!"

나는 동물 친구들의 주의가 딴 데로 쏠리기 전에 얼른 말을 계속했다.

"물론 사고 능력도 필요해. 누구에게나 당연히 사고 능력이 있을 것 같지만 실제로는 그렇지 않거든. 살고 있는 곳에 홍수가 나서 집이 물에 잠겼다고 생각해 봐. 차오르는 물을 피해 가까스로 지붕 위에 기어 올라갔다고 쳐. 그다음에 어떻게 할 건데? 바로 구출될 가능성이 없다면? 그런 상황에서 반드시 필요한 게 사고 능력이라고."

딱정벌레가 콧방귀를 뀌었다.

"그래, 그래. 무슨 말 하려는지 우리 모두 이제 알아차렸어."

나는 딱정벌레의 말을 못 들은 척 말을 이어 갔다.

"하지만 바로 그 점 때문에 서바이벌이 흥미로운 거야. 막상 그런 상황에 놓이기 전까지는 자기가 그 상황을 이겨 낼 만큼 강한 사람인지 결코 알 수 없으니까. 강하다는 게 근육이 엄청 발달했다는 뜻이 아니야. 정신적으로 강하다는 의미라고. 위기 상황을 극복할 수 있으리라는 믿음을 계속 간직하고 있는가, 두려움에 사로잡히지 않고 침착하게 그 상황을 헤쳐 나갈 방법을 찾아낼 수 있는가 하는 문제지. 그게 가장 중요해. 특히 며칠 동안 아무것도 먹지 못한 상태로 버텨야 하는 경우에 그래. 혹은 비행기 추락 사고로 다른 승객들이 모두 죽어서 근처에 있는 구덩이에서 시체가 썩어 가고 있는데……."

망아지가 내 말을 가로챘다.

"웩! 정말 입맛 떨어지는 소리만 하는구나."

망아지는 끔찍하다는 표정을 지으며 콧구멍을 위로 치켜들었다. 그리고 더 이상 빵을 건드리지 않았다.

나는 망아지의 반응에 전혀 개의치 않고 설명을 계속했다.

"거대한 원시림에서는 영영 발견되지 않을 수도 있기 때문에 사고가 난 지점을 떠나서는 안 돼."

지렁이가 성난 표정으로 물었다.

"할 말이 또 있어?"

나는 할 말이 아직 많이 남았기 때문에 "물론이지." 하고 대꾸했다.

"옷차림도 아주 중요해. 엄밀하게 말하면 나쁜 날씨가 따로 있는 게 아니라 나쁜 옷차림이 있는 거야. 이상하게 들리겠지만 바람과 비가 특히 강적이야. 비바람을 맞아 너무 추워지면 살아남기가 힘들어. 먹을 것을 찾으러 다닐 에너지가 없거든. 바위 위에서 온몸이 마비된 것처럼 꼼짝도 못 하고 웅크리고 앉아 있다가 굶어 죽는 거지."

딱정벌레가 비명을 질렀다.

"그만해! 더 이상 듣기 싫어!"

나는 얼른 말을 이었다.

"한 가지가 더 있어. 이번에는 듣기 좋을걸."

동물 친구들이 입을 모아 물었다.

"뭔데?"

"서바이벌 키트야."

나는 티셔츠를 걷어 올리고 서바이벌 키트가 그대로 있는지 봤다. 다행히 서바이벌 키트는 무사했다. 나는 허리에 묶었던 매듭을 풀고 키트를 꺼내 안에 든 것들을 살펴보고는 안도의 한숨을 내쉬었다. 아무것도 걱정할 필요가 없었다.

점검이 끝난 후 나는 서바이벌 키트를 내 몸에 묶는 대신 배낭 앞주머니에 넣었다. 물고기를 잡거나 도망치기 위해서 시냇물에 들어가야 할 일이 생길지도 모르는데 키트가 젖으면 곤란했기 때문이다. 물론 물이 들어가지 않도록 집에서 방수 테이프로 잘 막았지만 절대로 물이 들어가지 않는다고 장담할 수는 없는 노릇이었다. 물을 건너가야 할 일이 생기면 서바이벌 키트가 들어 있는 배낭을 머리 위로 높이 치켜들고 건널 생각이었다.

이제 잠자리를 만들어야 했다.

사라지고 싶어

나는 몸을 숨길 장소를 찾기 위해 시내를 건넜다. 물을 따라 아래쪽으로 내려가다가 빽빽한 덤불로 둘러싸인 물가를 발견했다. 여기에 있으면 사람들이 나를 얼른 찾지는 못할 것 같았다.

나는 일단 주변을 샅샅이 탐색하기로 했다. 물이 있고 우거진 숲이 있었다. 나무 사이에는 양치식물들이 무성하고 이끼로 뒤덮인 빈터가 있었다. 나는 한 팔로 큰 나무의 가지에 매달렸다가 나무를 타고 올라간 후 나뭇가지에 걸터앉았다. 망을 보는 장소로 삼기로 했다. 그 자리에서는 시냇가가 대부분 눈에 들어왔다. 내가 마치 타잔이면서 모글리이고, 동시에 스파이더맨이 된 것 같았다. 나는 몸을 움직여 내 몸무게로 나뭇가지를 흔들어 보았다.

망아지가 "야호!" 하고 외쳤다. 다람쥐도 환호성을 질렀다.

"더 높이, 더 높이 해 봐!"

나는 이제 두렵지 않았다. 두려움에 떨었던 기억도, 언젠가는 또다시 두려움에 떨지도 모른다는 생각도 전혀 떠오르지 않았다.

갑자기 어떤 소리가 들려왔다. 나는 그 소리가 무슨 소리인지 바로 알아챘다.

딱정벌레가 말했다.

"식사 시간을 알리는 종소리네."

아이들이 머무는 숙소가 내 짐작보다 훨씬 더 가까운 데 있는 모양이었다. 지난밤에 적어도 20킬로미터 정도는 달려왔다고 생각했는데 실제로는 그저 1, 2킬로미터밖에 안 되었나 보다. 하긴 어둠 속에서는 거리를 가늠하기가 어려운 법이다.

나는 고양이를 피해 달아난 새처럼 기척을 숨기고 나뭇가지에 가만히 앉아 있었다. 아침 식사 종소리가 무엇을 의미하는지 정확하게 알았기 때문이다. 모두 식당에 모여 있다는 뜻이었다.

8시 반이면 아침 식사가 차려진다. 아침 식사 시간이라는 것은 그 자리에 모인 아이들 숫자를 세어 본다는 뜻이고, 사람들은 금세 새 한 마리가 날아가 버렸다는 걸 눈치챌 것이다.

지렁이가 다급하게 외쳤다.

"빨리 숨어!"

나는 겁에 질려 주위를 둘러봤다. 사람들이 바로 나를 찾아 나설까? 혹시 오늘 아침에는 인원수를 확인하지 않고 그냥 지나갔을 가능성은 없을까? 나는 사실 별로 눈에 띄는 학생이 아니었다. 다른 아이들보다 훨씬 더 조용했다.

나는 온 신경을 곤두세운 채 귀를 기울였다. 숲은 여전히 고요한 침묵에 휩싸여 있었다. 아이들은 아마도 긴 식탁에 모여 앉아 아침 식사를 하고 있겠지. 나는 아이들이 굶주린 쥐 떼처럼 음식을 향해 달려드는 모습을, 그리고 빵이 들어 있는 봉지를 서로 빼앗느라 수선을 피우는 모습을 상상했다. 더러운 손가락으로 빵이 든 비닐봉지를 찢은 다음 빵을 꺼내 허겁지겁 버터를 바르고 그 위에 초콜릿 잼을 잔뜩 바르겠지.

내가 없다는 걸 알아차리지 못할 가능성이 조금은 있을지도 모른다. 아이들은 내가 보이지 않는다는 걸 알아채더라도 보나 마나 먹느라 정신이 없어서 굳이 선생님한테 알릴 생각도 하지 않을 것이다. 재키를 빼고 다른 여자애들도 내가 없다는 걸 전혀 눈치채지 못할 것이다. 재키는 어쩌면 내가 나만의 임무를 수행하는 중이라고 여기고 입을 다물어 줄 수도 있다.

나는 머릿속으로 내가 없어졌다는 걸 사람들이 아예 알아차리지도 못한다면 나라는 존재를 잊어버리는 데는 시간이 얼마나 걸릴지 생각해 봤다. 언젠가는 "빈센트? 빈센트라고? 그런 애가 있었나?" 하고 말할지도 모른다. 나뭇가지에 웅크리고 앉은 채로 내 생각은 또다시 먼 미래를 향했다.

사람들이 나를 잊어버린다면 영원히 이 숲을 떠나지 않아도 될 것이다. 가위가 없으니 머리는 엉덩이까지 길게 자랄 것이다. 여기 이 시냇가에 내 손으로 직접 도시를 세우고 내 이름을 따서 도시 이름을 빈스타운이라고 지을 것이다. 빈스타운에는 내가 사는 집 한 채만이 있을 것이다. 나는 사람들이 내가 세운 도시에 접근하지 못하게 하려면 무엇이 필요할지 고민했다. 도개교와 미로, 그리고 함정이 있어야 할 것이다. 접근을 막을 커다란 덫도 필요하다. 나는 바위 위에 앉아 미로에 갇히거나 함정에 빠진 사람이 내지르는 비명 소리를 듣고 있을 것이다. 얼굴을 덮은 수염에 가려진 입가에는 흐뭇한 미소가 떠올라 있을 것이다. 면도기가 없으니 수염이 무성해지는 일은 피할 수 없을 것이다.

맞다. 사람들이 나를 잊어버린다면 나는 다시는 말할 필요도 없을 것이다. 단 한 마디도. 그리고 시간이 무척 오래 걸리긴 하겠지만 나는 결국 인간의 언어로 생각하는 일도 중단하게 될 것이다. 세월이 몇 년이나 흐르는 동안 모든 단어를 잊고 동물의 언어로만 말하게 될 것이다.

하지만 사람들이 나를 잊어버릴 것이라는 전제 아래 계획을 세우는 것은 현명하지 못한 선택이다. 지금 당장 시급한 것은 사람들 눈에 띄지 않도록 몸을 숨길 장소를 확보하는 일이었다.

나는 나무를 타고 내려와 경계를 늦추지 않은 채 잽싸게 은신처를 만들기 시작했다. 나만의 보금자리를 만드는 일은 수없이 상상해 보았다. 숲속에 어떤 오두막을 지을지 적어도 천 번은 머릿속으로 그렸을 것이다. 그에 대한 정보는 충분했다. 지금 더 생각할 것도 없었다. 나는 숲으로 달려가 긴 나뭇가지들을 잔뜩 그러모았다. 다친 팔은 힘을 줄 수가 없으니 모든 일을 한쪽 팔로만 해야 해서 속상했다.

나뭇가지를 모은 후 시냇가에 있는 커다란 나무 등걸을 아래로 굴리고 등걸 아래쪽에 남아 있는 돌들을 치웠다. 나무 등걸이 있던 자리에 패인 움푹한 구덩이를 은신처로 만들 생각이었다. 이런 상황이 아니라면 나는 절대 구덩이를 은신처로 삼지는 않았을 것이다. 비가 오면 물에 잠기기 때문이다. 하지만 구덩이 속에 숨으면 들킬 염려가 없다. 나는 숲에 있는 푹신푹신한 이끼를 잔뜩 가져다가 구덩이 아래에 깔았다. 침대로 사용할 작정이었다. 사진을 찍을 수 있다면 얼마나 좋을까! 정말 그럴듯한데!

다음으로 지붕을 만들어야 했다.

동물 친구들이 내 주위를 서성거리며 재촉했다.

"서둘러!"

나는 나뭇가지들을 얼기설기 엮어 구덩이 위를 가린 후 양치식물로 덮고, 그 위에 다시 작은 돌들을 촘촘하게 깔았다. 내가 드나들 작은 구멍만 남겼다. 정말 눈에 띄지 않는 은신처가 될 것이다. 겉보기에는 그저 초록색 식물이 조금 섞인 돌무더기처럼 보일 테니 은신처라는 걸 알지 못하면 그냥 지나칠 수밖에 없었다.

다람쥐가 만족스러운 얼굴로 칭찬했다.

"잘 만들었네."

갑자기 무슨 소리가 들렸다. 사람이 내는 것이 분명한 소리였다. 아주 가까이에 사람들이 있었다.

뼈아픈 손실

나뭇가지가 뚝 하고 부러지는 소리와 높은 음성으로 외치는 소리, 그리고 웃음소리였다.

망아지가 거센 콧김을 내뿜으며 속삭였다.

"사람들이 왔어!"

아직 은신처를 다 만들지도 못했는데 벌써 근처에 오다니! 감쪽같은 모양으로 완성하려면 모래와 자갈이 좀 더 필요했다. 지금 상태라면 인위적으로 만들었다는 표시가 날 테고, 그걸 만든 사람이 나라는 걸 곧바로 알아차릴 것이다. 단 몇 초 만에 나는 흔적을 지우고 숨기로 전략을 바꾸었다. 은신처를 없애야 했다!

나는 얼른 양치식물을 숲에 다시 갖다 두고 나뭇가지들을 걷어냈다. 치웠던 돌들도 도로 구덩이 안에 던져 넣었다. 나무 등걸을 끌고 갈 시간은 없었다. 하지만 그건 괜찮을 것 같았다. 나무 등걸이야 어디에 뒹굴어도 이상하지 않을 테니까. 나는 내가 흘린 핏자국이 지워지도록 그 위에 사과 주스를 부었다. 하지만 소용 없었다. 핏자국은 원래 여간해서는 없어지지 않으니까. 숙였던 몸을 똑바로 펴는 순간 아주 가까이에서 소리가 들렸다.

정말 멍청한 짓이었다! 누구라도 금방 나를 발견할 수도 있는데 여기에서 이렇게 흔적을 지우느라 지체하다니! 대체 무슨 생각으로 그랬는지, 나 자신이 한심할 지경이었다. 그렇게 한다고 해서 내가 만든 은신처가 눈에 띄지 않을 거라고 생각했다니, 정말 어리석은 행동이었다.

나는 얼른 피가 묻은 돌을 뒤집어 놓고 부리나케 숲속으로 숨었다. 숨기 직전 내 눈에 보인 것은 굶주린 말벌들이 사과 주스가 뿌려진 곳 위에서 윙윙거리며 날고 있는 모습이었다. 나는 다치지 않은 팔로 얼른 나뭇잎과 나뭇가지들로 내 몸을 덮었다.

아이들이 숲에서 나오는 모습이 보였다. 나는 축축한 바닥에 엎드려 숨을 죽였다. 아주 가까이에서 소리가 들렸다. 아이들은 청바지 차림으로 떼 지어 몰려오면서 소리를 지르고 웃음을 터뜨렸다. 아이들이 가까이 다가오자 아이들한테서 나는 냄새가 밀려왔다. 탈취제와 껌 냄새, 그리고 땀 냄새였다. 동물이라면 몇 킬로미터 떨어진 거리에서도 그 소리를 듣고 냄새를 맡을 것이다. 아이들은 조심스럽게 행동할 마음이 전혀 없는 것 같았다. 나한테는 잘된 일이었다. 아이들은 하마처럼 발을 쿵쿵거리며 걸었다. 아이들의 운동화가 내가 숨은 덤불 앞을 지나가는 것이 보였다. 운동화 행렬은 한참 이어지다가 내가 머물렀던 시냇가에서 멈추었다.

망아지가 내 귀에 대고 소곤거렸다.

"재키는 어디 있지?"

재키는 아이들 사이에 없었다. 아이들은 시냇가에서 물수제비를 뜨고 놀았다.

내 배낭! 배낭을 챙기는 걸 깜빡했다! 나는 조심스럽게 고개를 들고 시냇가를 둘러봤다. 시냇가 한쪽에 덩그러니 놓여 있는 배낭이 보였다. 눈에 띄지 않을 수 없는 새파란 색깔이었다. 배낭에 서바이벌 키트도 들어 있었다!

동물 친구들이 신음 소리를 냈다.

아이들 중 한 명이 벌써 배낭을 발견했다. 아이들이 소리를 질렀다.

"빈센트 배낭이야! 여기 빈센트 배낭이 있어!"

아이들은 달콤한 시럽에 몰려드는 파리 떼처럼 내 배낭이 있는 곳으로 달려갔다.

"여기 있었던 게 틀림없어!"

아이들은 우왕좌왕하면서 시끄럽게 떠들었다.

"멀리 가지는 못했을 거야."

아이들이 나를 찾기 시작했다. 한시라도 빨리 그 자리를 빠져나와야만 했다.

딱정벌레가 가느다란 소리로 애원했다.

"제발 조심해!"

최대한 소리를 죽이고 살금살금 뒷걸음질을 쳤다. 덤불을 벗어나기 직전 나는 내 배낭을 향해 마지막으로 안타까운 눈길을 던졌다. 그리고 몸을 돌려서 허리를 굽힌 채 재빨리 아이들에게서 도망쳤다.

충분히 멀어졌다고 생각되자 나는 몸을 똑바로 펴고 가능한 한 소리를 내지 않으며 쏜살같이 달렸다. 처음에는 그저 멀리 달아날 생각에 무작정 뛰기만 했는데 아이들 목소리가 더 이상 들리지 않는 곳에 이르자 방향을 정해야 한다는 생각이 들었다. 그래서 다시 시내가 보이는 곳까지 가서 시냇물이 흘러 내려가는 방향을 따라 걸었다. 아이들이 머무는 숙소로부터 최대한 멀리 벗어나되 절대로 마실 물 근처를 떠나면 안 되기 때문이다.

나는 아주 오래 시내를 따라 걸었다. 가끔 높은 바위를 타고 넘기도 했다. 이제 나한테는 배낭이 없었다.

빵도 없고, 주스도 없고, 비스킷도 없으며, 냄비도 없었다. 그리고 무엇보다도 서바이벌 키트가 없었다. 동물 친구들이 걱정스러운 눈길을 주고받았다. 서바이벌 키트를 몸에서 떼어 놓을 생각을 하다니, 어쩌면 그렇게 멍청할 수가 있었는지! 정말 뼈아픈 손실이었다. 서바이벌 키트 없이는 불을 피울 수 없었다. 불을 피울 수 없으니 무언가를 익혀 먹거나 온기를 유지하는 일도 불가능했다. 배낭을 그 자리에 놓아두다니, 생각할수록 나의 바보 같은 행동에 화가 났다. 가장 나쁜 건 이제 사람들이 내가 어디로 갔는지 알게 되었다는 사실이다.

내 일지! 일지가 배낭 안에 들어 있다는 것이 이제야 기억이 났다. 나는 일지에 적었던 내용들을 머릿속에 떠올려 봤다. '탐험 목표' 칸에 "흔적 없이 사라지는 것"이라고 적고, 그 옆에 "나는 돌아가지 않는다. 절대로!"라고 다짐하듯 덧붙였는데……. 사람들이 내가 적은 것을 읽으면 모든 걸 알게 될 것이다.

지금까지 내 서바이벌 모험은 실패의 연속이다.

생존 의지

나는 잠시도 멈추지 않고 터덜터덜 걸었다. 내 느낌으로는 몇 시간이나 지난 것 같았다. 머릿속에는 오로지 멀리 도망치고 싶다는 생각밖에 없었다. 그래서 기계적으로 한 걸음 내딛고 다시 그 앞에 한 걸음을 내디뎠다. 다친 팔이 사정없이 욱신거렸다. 종종 나무가 울창하게 우거진 숲을 통과해야 하는 일이 생길 때면 나뭇가지를 제치고 나무 등걸을 타 넘으며 앞으로 나아갔다.

나는 너무 지쳐서 느릿느릿 걸어갔다. 때로는 신발을 신은 채로 찰박거리면서 물을 건너야 할 때도 있었다. 물이 차갑긴 했지만 그래도 그렇게 하는 것이 분명 더 빨리 이동하는 방법이었다. 시내의 가 쪽은 물이 깊지 않기 때문에 나는 계속 시내를 따라 걸었다.

갑자기 눈앞에 커다란 암석이 나타났다. 나는 물을 헤치고 암석까지 나아갔다. 암석을 피해 가려면 숲을 통과해야 하는데, 얼굴을 찌르는 나뭇가지들을 걷어 내는 일이 몹시 성가셨기 때문이다. 하지만 암석 주변은 물이 아주 깊었다. 게다가 물살이 암석 옆 작은 통로로 빠져나가 요란한 소리와 함께 아래로 쏟아졌다.

지렁이가 속삭였다.

"위로 올라가."

나는 암석 위를 올려다보았다. 그리고 손으로 붙잡고 올라가기 위해 튀어나온 곳이 있는지 더듬어 보았다.

암석은 비스듬하게 경사를 이루고 있었다. 다람쥐가 앞서서 암석을 타고 올라갔다. 나는 양손으로 튀어나온 곳을 붙잡고 다리를 끌어 올린 후 다시 붙잡을 곳을 확보해 천천히 위로 올라갔다. 잠시 후 나는 한 변의 길이가 약 3미터 되는 정사각형 모양의 평평한 바위 위에 서 있었다. 뒤쪽에는 키가 큰 자작나무가 나뭇가지를 드리우고 앞쪽에는 해가 비추었다. 전망대 역할을 할 만큼 높이 솟아 있는 암석이었다. 나는 너무 지쳐서 더 이상 갈 수가 없었다.

아무 소리도 들리지 않았다. 아이들 목소리도 진즉 사라졌다. 구불구불 흐르는 시내를 몇 차례 지난 다음에는 아이들 목소리를 더 이상 듣지 못했다. 그저 아이들로부터 충분히 멀어졌기를 바랄 뿐이었다.

나는 머릿속으로 기록했다.

다쳤다. 잠을 거의 못 잤다. 먼 거리를 걸어왔다.

나는 잔뜩 긴장한 채 주변의 나무와 덤불을 살폈다. 내가 나무와 덤불에 숨었듯이 다른 누군가도 거기 숨어 있을지도 모르니까.

지렁이가 걱정스럽게 말했다.

"이제 좀 쉬어야 해."

나는 암석 위에 드러누워 긴장을 풀고 눈을 감았다. 하지만 자세를 어떻게 해도 불편하기 짝이 없었다. 빨리 딱딱한 돌 위에서 자는 데 익숙해지면 좋겠다고 생각했다.

배에서 꼬르륵 소리가 났다. 나는 감았던 눈을 떴다. 배가 고팠다. 하지만 배고픔을 달랠 만한 것이 아무것도 없었다.

비상식량: 하나도 없음.

다람쥐가 속삭였다.

"정신 바짝 차려야 해. 알았지?"

나는 내 동물 친구들 가운데 가장 똑똑한 다람쥐에게 물었다.

"이제 어떻게 하지? 네가 나라면 어떻게 할 것 같아?"

하지만 아무런 대답도 들려오지 않았다.

나는 사방을 둘러봤다. 보이는 건 오로지 자연뿐이었다. 내가 무얼 해야 할지 물어볼 사람은 어디에도 없었다.

집 생각이 났다. 타이히 선생님이 집으로 전화를 했을지 궁금했다. 그러자 갑자기 내가 없어진 사실을 알면 부모님이 무척 걱정할 거라는 생각이 들었다.

엄마가 종종 해 주었던 말이 기억났다. 모든 게 지나갈 거라는, 좋은 일이나 궂은일이나 결국은 다 지나가게 마련이라는 말이었다. 엄마는 내가 자전거를 타다가 넘어져 상처를 꿰매야 했을 때 그 말을 해 주었다. 열이 심하게 나서 헛소리를 하며 침대에 누워 있었을 때도 그렇게 말했다. 여기 숲속의 높은 암석 위에서도 그 말이 자꾸만 떠올랐다. 엄마가 보고 싶었다. 모든 것이 결국은 지나갈 거라고 말해 주는 사람이 있다는 건 정말 다행이다. 하지만 혼자서 그 말을 믿고 계속 버틴다는 건 너무 힘들었다.

내 이름은 빈센트고, 나는 열네 살이다. 혼자 야생의 숲에 남겨졌다. 얼마 지나지 않았는데도 부모님이 보고 싶다.

동물 친구들이 애원했다.
"제발 울지 마."
나는 눈물을 닦고 치밀어 오르는 울음을 꿀꺽 삼켰다.
지금이야말로 '생존 의지'가 정말 필요한 순간이다. 지금 이 순간 나는 내가 강한 사람이라는 걸, 무슨 일이 있어도 살아남을 수 있다는 믿음과 용기를 잃지 않는다는 걸 증명해야 한다. 나는 지금 낯선 숲 한복판 높은 암석 위에 앉아 있으며, 배가 고프고, 팔이 아프다. 발도 아프고, 다리도 아프고, 아프지 않은 곳이 없다. 끔찍하게 피곤하고 부모님이 보고 싶지만 이 상황이야말로 내 생존 의지를 증명할 완벽한 순간이 아닐까?

나는 미소를 지으려고 노력했다. 억지로 입꼬리를 위로 당기면서 어설픈 동작으로 일어섰다.

다람쥐가 응원의 말을 건넸다.

"힘내! 어서 움직여!"

생존에 가장 중요한 것은 안전이고 그다음이 마실 물이다. 먹을 것을 확보하는 일은 훨씬 나중 문제다. 인간은 산소 없이는 3초밖에 못 버티고 마실 물 없이는 3일밖에 못 버틴다. 하지만 먹지 않고도 3주를 버틸 수 있다. 그러니 먹을 것을 구하는 일은 시급한 문제가 아니다. 다만 우리가 배고픔을 견디지 못하기 때문에 급박한 문제로 느껴질 뿐이다.

이론적으로는 이 모든 사실을 알고 있음에도 불구하고 배가 너무 고파서 손이 떨리고 무릎이 휘청거렸다. 그래서 일단 먹을 것을 찾아보기로 했다. 게다가 이런 막막한 상황에서는 구체적인 목표를 정하고 그에 따라 움직이는 것이 좋다.

동물 친구들이 잔뜩 기대하는 얼굴로 나를 쳐다봤다.

오는 길에 블랙베리 덤불이 있었던 것이 기억났다. 왔던 길을 조금만 거슬러 올라가면 될 것이다. 덤불의 키가 꽤 높아 옆으로 빙 둘러가기 위해서 어쩔 수 없이 물에 들어가야만 했었다.

나는 전망대로 삼은 암석에서 내려와 시냇물을 거슬러 올라갔다. 물이 깊은 곳을 피하고 바위가 나타나면 타고 넘어야 했다. 그렇게 블랙베리 덤불이 있는 곳에 도착했다.

지렁이가 입맛을 다시며 말했다.

"잘 익은 거면 좋겠다."

9월이라 덤불에는 블랙베리가 수북하게 열려 있었다. 아직 빨갛고 구슬처럼 딱딱한 것들도 꽤 있지만 대부분은 검보라색으로 잘 익어서 부드러웠다. 나는 덤불 맨 위쪽에 있는 것들만 땄다. 아래쪽에 있는 것들은 어쩌면 여우가 먹었을지도 모르고, 그러면 여우촌충 알이 묻어 있을 가능성도 있기 때문이다. 나는 허겁지겁 블랙베리를 먹었다. 한 개를 입에 넣기가 무섭게 또 한 개를 넣고 또 넣어 입안에 블랙베리가 꽉 찼다. 새콤달콤했다. 볼이 미어지도록 블랙베리를 입안에 넣고 정신없이 씹어 삼켰다. .

이제 그만 먹는 것이 좋겠다는 생각이 얼핏 들었다. 배 속이 거의 꽉 찬 데다가 과일을 한꺼번에 너무 많이 먹으면 배탈이 날 수도 있기 때문이다. 하지만 나는 도저히 멈출 수가 없었다. 앞으로 아주 오래 아무것도 못 먹을 수도 있기 때문에 지금은 그저 최대한 많이 블랙베리를 입안에 넣고 싶었다. 이 숲에서 겨울을 나려면 몸속에 지방이 축적되어 있어야 했다.

블랙베리를 입안에 잔뜩 넣고 씹어 삼키면서 나는 동물 친구들을 봤다. 다람쥐는 꼬리를 보라색으로 물들인 채 내 발 앞에서 폴짝거리며 뛰어다니고 있었다. 지렁이는 윗몸이 블랙베리 사이에 파묻혀 보이지도 않았다. 저절로 웃음이 터져 나왔다. 손이 더 이상 떨리지 않고 다리에도 서서히 힘이 돌아오는 것이 느껴졌다. 앞으로 어떻게 해야 할지 차분하게 궁리할 수 있을 것 같았다. 나는 블랙베리를 그만 먹기로 했다.

수요일 오후 3시경, 전망대로 삼은 암석으로부터 상류 쪽으로 시냇물을 거슬러 올라가 시냇물이 굽어진 곳에서 블랙베리를 따 먹었음.

블랙베리로 배 속을 가득 채운 후 나는 암석이 있는 곳으로 다시 돌아왔다.

점퍼를 벗어 핏자국이 있는 부분을 물에 비벼 빤 다음 햇볕 아래 널었다. 그리고 젖은 신발을 벗어 잘 마르게 점퍼 옆에 놓았다.

숲 가장자리에 높이 자란 풀이 수북한 곳이 있었다. 나는 그곳으로 가 바닥에 등을 대고 누워 풀 사이로 조금 드러난 하늘을 바라봤다.

아무도 나를 볼 수 없었다. 가까이 다가온다고 해도 우거진 풀에 가려 보이지 않을 것이다. 아이들이 지금쯤 무얼 하고 있을지 궁금했다. 어쩌면 내가 나타나기를 기다렸을지도 모른다. 숲속 깊이 들어갔다가 모이라는 종소리를 듣지 못하는 일도 있으니 나도 그런 것이라고 생각할까? 아니면 내가 없어졌다고 여길까? 오후도 거의 다 지나갔는데 내가 여전히 나타나지 않으니 아마도 나를 기다리는 일이 더 이상 의미 없다고 판단했을 것이다.

우리 반 아이들이 내 배낭을 타이히 선생님께 갖다 주었을지, 또 선생님이 내 일지를 읽었을지 걱정이 되었다. 내 일지를 읽었다면 사람들은 이제 내 계획을 확실하게 알고 있을 것이다. 그렇다면 실종 신고를 하지 않을 수 없겠지.

딱정벌레가 큰 소리로 혼잣말을 했다.

"집에 전화를 걸어 부모님께 알렸겠지?"

내가 사라졌다는 소식이 부모님에게 전해지는 순간을 상상해 봤다. 사무실에서 일을 하고 있던 부모님이 전화를 받는 모습을 그려 봤다. 엄청 충격을 받을까? 하던 일을 다 제쳐 놓고 부랴부랴 사무실을 나와 최대한 빠른 속도로 출발하겠지?

나는 누워서 이런저런 걱정을 하다 더 이상 견디지 못하고 벌떡 일어섰다. 그리고 심란한 마음을 달래려고 풀숲 사이를 서성거렸다. 나는 자연 속에 있으면 마음이 늘 평온해진다. 풀잎이 바스락거리고 내 발자국 소리에 놀란 메뚜기가 폴짝 튀어 도망쳤다. 그 덕분에 마음이 좀 가라앉았다. 나는 메뚜기가 앉아 있는 풀에 살금살금 다가가 조심스럽게 얼굴을 가까이 가져다 댔다. 메뚜기는 가느다란 풀줄기에 꼭 달라붙어 있었다. 풀잎과 똑같은 선명한 초록색이었다. 메뚜기가 갑자기 휙 튀어 오르더니 순식간에 사라졌다. 믿기지 않을 정도의 운동 신경이었다. 가만히 앉아 있다가 한순간에 높이 뛰어올라 그렇게 멀리 점프를 하다니! 나라면 절대로 할 수 없는 동작이다.

불현듯 한 가지 생각이 머리를 스쳤다. 메뚜기에는 단백질과 지방, 탄수화물이 들어 있다는 사실이다. 나는 거의 무의식적으로 풀줄기에 매달린 메뚜기 하나를 잡아 입으로 가져갔다. 메뚜기가 내 손 안에서 바둥거렸다. 어떻게든 내 손을 벗어나려고 몸부림을

첬다. 하지만 나에게는 단백질이 절실하게 필요했다. 나는 서서히 입을 벌렸다. 메뚜기의 짧은 다리가 내 입술을 간질였다. 목구멍이 꽉 막혔다. 메뚜기가 불쌍하게 여겨졌다. 메뚜기의 공포가 느껴졌다. 메뚜기는 아무런 소리도 내지 않는데 "살려 주세요! 살려 주세요!" 하고 외치는 소리가 머릿속에 울려 퍼졌다.

사실 말도 안 되는 생각이었다. 메뚜기도 우리 인간을 동정하는 마음 같은 건 품지 않을 것이다. 솔직히 메뚜기가 우리 인간을 제대로 보는 것조차 불가능하다. 우리는 너무나 크고 메뚜기는 너무나 작으니까. 하지만 그렇다고 해도 상관없었다. 도저히 먹을 수 없어서 나는 메뚜기를 그냥 놓아주었다.

갑자기 머리 위를 지나는 헬리콥터 소리가 들려왔다. 나는 쏜살같이 나무 사이로 달려가 숨었다.

망아지가 흥분해서 소리쳤다.

"너를 찾으러 왔나 봐!"

망아지 말이 맞을 것이다. 수색 작전이 시작되었다. 나는 몸을 숨긴 채 눈으로 헬리콥터를 쫓았다. 헬리콥터는 시냇물의 상류 쪽, 내가 배낭을 두었던 곳 위를 중점적으로 살폈다. 시냇물 위 하늘을 빙빙 돌더니 잠시 후 멀어져 내 눈에서 사라졌다.

다람쥐가 멀리까지 잘 볼 수 있게 쪼르르 달려가 나무 꼭대기로 올라갔다. 헬리콥터 소리가 점점 더 커졌다.

"이리로 오고 있어!"

다람쥐가 아래를 내려다보며 외쳤다.

정말 헬리콥터가 점점 더 가까이 다가오고 있었다. 회전날개가 만들어 내는 굉음에 귀가 먹먹할 지경이었다. 어찌나 낮게 날고 있는지, 그러다가 나무에 부딪히지 않을까 걱정되었다.

행여 들킬세라 나는 얼른 우거진 덤불 바닥에 몸을 웅크렸다.

동물 친구들이 경고했다.

"쉿! 절대 움직이면 안 돼!"

우리는 숨을 죽인 채 헬리콥터가 사라지기를 기다렸다.

추위

수요일 오후 5시경, 헬리콥터가 수색을 중단했음.

나는 덤불에서 나와도 될지 망설이다가 일단 암석으로 돌아가 당분간 그곳에 머물기로 했다. 암석은 높이 솟아 있으면서도 윗면이 편평해 베이스캠프로 안성맞춤이었다. 멀리까지 관찰할 수 있고 필요하면 늘어진 나뭇가지 사이에 몸을 숨길 수도 있었다. 하늘에서 내려다보든 땅에서 올려다보든 전혀 보이지 않을 것이다.

나는 모글리처럼 내 암석 위에 쪼그리고 앉아 있었다. 꼼짝하지 않으면서 주변에 보이는 것들로부터 잠시도 눈을 떼지 않았다. 내가 있는 암석에도, 아래에 있는 자갈투성이 시냇가와 시냇물에도 모두 그늘이 드리워져 있었다. 건너편에 보이는 나무 꼭대기에만 햇빛이 조금 남아 있을 뿐이었다. 몸이 오싹하고 떨렸다. 아직 어둠이 찾아오지도 않았는데 벌써 추워져서 으슬으슬했다.

나는 거미원숭이처럼 민첩한 동작으로 암석을 타고 내려왔다. 빨아서 널었던 점퍼를 걸쳐야 했다. 하지만 점퍼를 집어 들어 만져 보니 축축했다. 옆에 두었던 신발도 마찬가지였다.

그제야 비로소 내가 얼마나 심각한 곤경에 처해 있는지 실감이 났다. 팔은 큰 상처를 입어 제대로 힘을 쓸 수가 없었고 서바이벌 키트는 잃어버렸다. 점퍼는 입어도 전혀 따뜻하지 않았고, 신발은 여전히 젖어 있어 차가운 발에 아무런 도움이 되지 않았다. 게다가 나한테는 침낭도 없었다. 그리고 무슨 일이 있어도 절대 불을 피울 수는 없었다. 설령 나에게 서바이벌 키트가 있다손 치더라도 불을 피우지 않았을 것이다. 사람들이 가까이 있었기 때문이다. 나무 사이로 불빛이 비치면 사람들에게 바로 들킬 게 뻔했다.

등골이 오싹하면서 몸이 부르르 떨렸다.

망아지가 물었다.

"춥니?"

나는 대답했다.

"너무 추워."

동물 친구들이 걱정스러운 눈길을 보냈다.

배가 또 고팠다. 공복으로 인한 통증이 호시탐탐 기회를 엿보는 맹수처럼 서서히 다가와 배 속을 할퀴었다. 블랙베리가 맛있기는 하지만 굶주림을 오래 달래 줄 수는 없었다. 나는 두 손을 오목하게 해서 시냇물을 퍼 들이켰다. 아무것도 먹지 않는 것보다는 물이라도 마시는 것이 나았다. 물은 충분하니 그나마 다행이었다.

수요일 오후 6시경, 시냇물을 마셨음.

나는 "정신 바짝 차려야 해." 하고 혼잣말을 했다. 내가 가지고 있는 《서바이벌 핸드북》 안에는 사람이 오랫동안 혼자 지내다 보면 혼잣말을 하게 된다고 쓰여 있었는데 그 말이 정말 맞았다.

나는 주변을 다시 찬찬히 둘러봤다. 나무 사이 풀이 높이 우거진 곳에는 나뭇잎이 수북하게 쌓여 있었다. 침낭은 없지만 나뭇잎을 모아서 깔면 암석 위에 부드러운 매트리스를 만들 수 있을 것 같았다. 그리고 풀을 많이 뜯어서 잠자기 전 옷 안으로 잔뜩 쑤셔넣으면 밤에 잘 때 추위를 막아 줄지도 모른다.

"좋은 생각이야!"

다람쥐가 작은 앞발을 들어 짝짝짝 힘차게 박수를 쳤다.

나는 숲으로 가서 나뭇잎을 한 아름 안고 돌아왔다. 나뭇잎은 축축하고 차가운 데다가 썩은 냄새를 풍겼다. 정말 나를 따뜻하게 해 줄지 의문이었지만 다른 방도가 없으니 어쩔 수 없었다.

발이 얼음장같이 찼다. 나는 바닥에 주저앉아 양손으로 발을 비볐다. 하지만 아무리 세게 비벼도 소용이 없었다. 여전히 얼음처럼 차고 푸르스름했으며 아무런 감각이 없었다.

나는 풀 위에 드러누워 저물어 가는 하늘에 떠 있는 구름을 봤다. 어찌나 추운지 가만히 누워 있을 수가 없었다. 온몸이 계속 경런을 일으킨 것처럼 떨려 이가 딱딱 마주치고 다리가 부들거렸다. 머릿속에는 자고 싶다는 한 가지 생각밖에 없었다. 눈꺼풀이 무거워지고 금방이라도 까무룩 잠이 들 것 같았다. 나는 눈을 감았다.

어쩌면 사람들이 나를 발견할지도 모른다. 그렇더라도 상관이 없을 것 같았다. 아니, 오히려 마음속 깊은 곳에서는 사람들이 나를 찾아내기를, 그리고 그렇게 되기까지 시간이 많이 걸리지 않기를 바라고 있었다.

내 눈앞에는 벌써 하얀 속옷을 나뭇가지에 묶어 저녁 하늘에 대고 흔들면서 헬리콥터를 향해 "여기예요! 돌아오세요! 구해 주세요!"하고 외치는 내 모습이 보이는 듯했다. 《서바이벌 핸드북》의 '조난 신호' 편에서 읽은 내용이었다.

다람쥐가 중얼거렸다.

"괜찮은 생각이야. 일어나!"

"싫어. 자야 돼."

그러자 지렁이가 조심스럽게 내 이름을 불렀다.

하지만 나는 아무런 반응도 보이지 않았다. 얼어붙은 고드름처럼 바짝 굳은 채 덜덜 떨기만 할 뿐이었다.

망아지가 으르렁댔다.

"생존 의지가 중요하다며!"

딱정벌레가 입을 열더니 "생"하고 말했다.

지렁이가 그 뒤를 받아 "존"하고 한마디를 내뱉었다.

다람쥐가 마지막으로 "의지"하고 크게 소리쳤다.

나는 비몽사몽간에 "뭐라고?" 하고 중얼거렸다.

딱정벌레가 안타깝다는 듯 높은 소리로 설명했다.

"생존 의지는 무슨 일이 생겨도 죽지 않고 끝까지 살아남겠다는 마음이잖아!"

하지만 나는 너무나 피곤했다. 그리고 추워서 온몸이 뼛속까지 꽁꽁 얼어붙은 것 같았다. 기온이 아마도 섭씨 6도쯤 될 것이다. 제일 따뜻한 스웨터를 입고 있었지만 그것만으로 추위를 막기에는 형편없이 부족했다.

누군가 귀에 대고 소곤댔다.

"일어나야 해. 어서 일어나!"

나는 망아지가 따뜻한 혀로 발을 핥아 주는 것을 느꼈다. 다람쥐는 털이 수북한 꼬리로 내 어깨를 감고 있었다.

"빈센트, 눈을 떠!"

다람쥐의 목소리가 멀리에서 들려오는 듯했다.

마침내 나는 겨우 눈을 뜨고 휘청거리며 일어섰다. 이대로 있다가는 추위로 몸이 마비되고 말 것이다. 이 상황에서 벗어날 아주 좋은 방법을 찾아내지 못한다면 나는 결국 영영 일어나지 못하게 되리라.

무언가 방법을 찾아야 했다. 그것도 아주 빨리.

잠입

멀리 아이들이 있는 숙소가 보이자, 고소한 감자튀김 냄새가 풍겨왔다.

추위로 경직된 상태에서 가까스로 벗어난 나는 달리기 시작했다. 숙소가 있는 쪽이 어딘지 몰라 순전히 감으로 방향을 정했다. 처음에는 춥고 힘들어서 다리가 후들거렸지만 나는 꿋꿋하게 버텼다. 숙소로 돌아가 무언가 해결책을 찾는 방법 외에는 다른 길이 없다는 것을 알았기 때문이다. 이 방법이 아니면 나 빈센트의 최후를 막을 도리가 없으리라.

서서히 몸이 따뜻해졌다. 주위의 풍경이 눈에 익었다. 용기가 샘솟았다. 잠시 후 여러 사람의 목소리가 들리고 어두컴컴한 숲 사이로 주황색 불빛이 어른거리는 것이 보이자 살금살금 그곳으로 다가갔다. 그리고 놀이터로 사용되는 커다란 잔디밭 가장자리에 몸을 숨기고 지켜보았다.

잔디밭 한가운데 모닥불이 피워져 있었다. 아이들 몇 명이 손전등을 든 채 숲으로 향하는 모습이 보였다. 활활 타오르는 모닥불 불빛이 어둠 속에 선명한 줄무늬를 그렸다. 아이들은 따뜻한 스웨터와 두툼한 점퍼를 걸치고 있었다. 평소와는 달리 조용했다. 말을 주고받는 아이들도 큰 소리를 내는 대신 소곤대거나 몸짓을 사용했다. 그리고 서로 손을 잡고 있었다.

나무 사이에 몸을 감추고 아이들을 지켜본 그 순간을 나는 절대로 잊지 못할 것이다. 나 자신이 마치 겁에 질려 선뜻 모습을 드러내지 못하는 작은 짐승처럼 느껴졌다. 하지만 추워서 얼어 죽을 것 같았고, 너무나 배가 고파서 더 이상 그곳에 계속 숨어 있을 수는 없었다.

나는 침낭이 어디에 있는지 알고 있었다. 먹을 것을 보관해 두는 장소도 알고 있었다. 안으로 들어갈 방법만 찾으면 됐다. 출입문은 딱 하나뿐이었다. 그 문을 양쪽으로 열어젖히면 깔개가 깔려 있고 그 뒤에는 식당으로 사용하는 커다란 홀이 있었다. 나는 젖은 신발을 신은 채 건물을 살그머니 돌아갔다. 건물 뒤쪽에는 창문이 있었다. 꽉 잠겨 있지 않은 창문이 있다면 그 창문을 통해 안으로 들어갈 수 있을지 모른다. 건물 안에는 어디에나 아이들과 선생님이 있지만 공동 침실은 예외였다. 잠자리에 들기 전까지는 안에 들어가는 것이 금지되어 있기 때문이다. 남학생들의 공동 침실 창문은 잠겨 있었다. 나는 무릎걸음으로 축축한 풀밭을 천천히 지나가면서 마음속으로 간절하게 빌었다.

"제발 열려 있어라! 제발!"

여학생 공동 침실의 첫 번째 창문이 나왔다. 나는 조심스럽게 몸을 일으킨 뒤 어둠 속에서 손으로 창틀을 더듬었다. 다행이다! 심장이 두근거렸다. 아래쪽이 내 손가락 세 개 정도 들어갈 만큼 열려 있었다. 손가락을 집어넣고 위로 들어 올리면 안으로 들어갈 수 있을 것 같았다. 나는 창문을 올리기 전에 방 안에 아무도 없는지 확인하기 위해서 반쯤 젖혀진 커튼 사이로 안을 꼼꼼히 살폈다. 보이는 부분이 별로 많지 않아 확신할 수는 없지만 아무 소리도 들리지 않는 걸로 봐서 방 안이 비어 있는 것 같았다.

지렁이가 답답하다는 듯 재촉했다.

"그냥 빨리 들어가!"

나는 손가락 세 개로 최대한 힘을 주어 창문을 밀어 올렸다. 그리고 창문이 20센티미터 정도 열리자 우선 머리를 들이민 다음 윗몸과 다리를 통과시켰다. 손바닥이 바닥에 닿고 그 뒤를 따라 나머지 몸이 바닥으로 떨어지면서 우당탕 소리가 났다. 나는 얼른 몸을 일으켜 세운 뒤 제일 먼저 눈에 띄는 침낭 한 개를 낚아챘다. 몸을 돌려 다시 창문을 통해 밖으로 빠져나가려는 순간 누군가 나에게 인사를 건넸다.

"안녕!"

나는 깜짝 놀란 얼굴로 뒤돌아섰다.

재키였다. 반가워서 얼굴이 저절로 환해졌다.

"재키!"

나는 작은 소리로 속삭였다.

망아지가 기뻐하며 힝힝거렸다.

재키가 미소를 지었다. 나는 재키에게 물었다.

"왜 여기 있는 거야?"

"발을 삐었어."

재키가 대답을 하며 붕대로 감긴 발목을 보여 주었다.

"정말 삔 것은 아니고 수색에 끼고 싶지 않았어."

나는 다시 물었다.

"수색?"

"너를 찾으러 다니고 있어."

"나를?"

"당연하지. 그럼 사람들이 네가 없어졌는데 다시 나타날 때까지 가만히 앉아서 기다릴 거라고 생각했니?"

재키가 톡 쏘아붙였다.

"아니."

나는 솔직하게 인정했다.

"숲을 샅샅이 조사하려고 사람들을 많이 모아서 수색 팀을 꾸렸어. 이 동네 주민들이랑 네 부모님, 그리고 부모님 친구들까지 모두 참여했어."

"그렇구나……."

"심지어 헬리콥터까지 동원되었는걸. 사람들은 네가 이미 죽었을 거라고 생각해."

나는 의아한 표정을 지으며 재키를 봤다.

"너는 왜 수색에 끼고 싶지 않았는데?"

재키가 나에게 의미심장한 눈길을 보냈다.

"왜 그랬을 것 같니?"

나는 모르겠다는 듯 어깨를 으쓱했다.

"네 일지를 발견했대. 거기에 뭐라고 적혀 있는지는 알려 주지 않더라. 하지만 나는 무슨 내용인지 알 것 같아."

"무슨 내용인데?"

"네가 야생에서 살아남을 수 있는 방법. 그렇지?"

"그래서 너는 수색에 끼지 않았다는 거야?"

"응. 나는 네가 숲속에서 식물이나 그런 걸 먹으면서 지내고 싶어 한다고 생각했어. 분명한 계획이 있어서 사라졌다고 믿었지. 내 말이 맞지?"

재키는 나한테 다가오더니 임시방편으로 묶어 놓은 팔을 자세히 살펴봤다.

"무슨 일이 있었니?"

"아무 일도 없었어."

"이게 아무 일도 없는 거니?"

재키가 내 팔에 군데군데 보기 흉한 무늬를 그린 핏자국을 가리키며 따지듯이 물었다. 핏자국은 마치 어설픈 공포 영화에서 가

짜로 만들어 낸 상처처럼 보였다.

재키가 내 손을 잡더니 소스라치게 놀라며 바로 놓았다.

"손이 얼음장 같아!"

바로 그 순간 나는 이가 딱딱 마주치는 것을 더 이상 억누를 수가 없었다. 플라멩코 춤에서 캐스터네츠가 내는 소리처럼 이에서 따다닥따다닥 소리가 났다. 재키가 걱정스럽게 나를 바라봤다.

"너한테 정말로 무슨 일이 일어난 거니?"

재키가 얼굴 가득 의심스러운 표정을 지으며 물었다. 그리고 영리한 탐정처럼 가늘게 뜬 눈으로 내 얼굴을 훑어보고는 이렇게 덧붙였다.

"내 생각에 넌 나한테 감추는 게 있어."

믿을 수 있는 조건

나는 절망감을 느끼며 재키를 바라봤다. 대체 무슨 말을 해야 한단 말인가? 나는 정말로 간절하게 재키를 믿고 싶었다. 하지만 재키에게 모든 진실을 털어놓을 자신이 없었다.

재키가 양손으로 내 손을 감싸쥐었다. 재키의 손에서 따스한 온기가 전해졌다.

"조심해. 바로 다 얘기하지는 마."

딱정벌레가 가냘픈 목소리로 주의를 주었다.

"넌 지금 몸을 따뜻하게 해야 해."

재키가 나를 침대에 앉히더니 침낭 몇 개를 가져와 펼쳐서 나에게 둘러 주었다. 온몸을 꽁꽁 싸매니 꼭 미라가 된 것 같았다. 차갑게 굳은 발을 신발을 신은 채로 몸 아래 집어넣었다. 나는 너무 추워서 거의 무감각 상태라 아무것도 느끼지 못했지만 내 동물 친구들은 갑작스러운 온기에 기분이 무척 좋아진 듯했다.

지렁이가 "드디어!" 하면서 만족스러운 듯 긴 숨을 내쉬었다.

재키가 나를 다그쳤다.

"너 나한테 비밀 있지?"

"말하지 않을 거야."

망설일 사이도 없이 내 입에서 대답이 튀어나왔다.

재키는 내 말을 통해 자기 나름의 결론을 내렸다.

"그러니까 비밀이 있다는 거네. 왜 넌 항상 학교에 지각하니?"

"그냥 어쩌다 보니."

재키가 날카롭게 대꾸했다.

"아니, 그건 대답이 아니야. 그럼 왜 항상 온몸이 긁힌 자국과 멍투성이인데?"

언제 봤을까?

"내가⋯⋯."

나는 머뭇거리면서 입을 열었다가 바로 닫았다. 조심해야 했다. 재키는 영리해서 쉽게 속지 않을 것이다. 게다가 이제까지 내가 늘 어놓았던 어설픈 핑계를 믿지 않는 것이 분명했다.

망아지가 고함을 쳤다.

"도와 달라고 해, 이 멍청아! 전부 다 얘기할 것까지는 없지만 재키의 도움이 필요하잖아!"

나는 작게 속삭였다.

"도와줘."

재키가 놀란 얼굴로 나를 바라봤다.

"도와 달라고?"

"응. 제발 도와줘."

"어떻게 도와 달라는 거야?"

"네가 나를 도와줘야 해. 안 그러면 난 살아남지 못할 거야."

재키가 잠시 생각하더니 다시 물었다.

"너한테 대체 무슨 일이 생긴 거니?"

딱정벌레가 경고했다.

"조심해. 재키를 믿을 수 있다는 것이 확실해지기 전에는 말하면 안 돼. 딜란이랑 얘기하면서 웃었잖아."

"지금은 너한테 말해 줄 시간이 없어. 나중에……."

나는 말을 하다가 멈추었다. 재키가 다그치듯이 물었다.

"나중에 네 비밀을 얘기해 줄 거야?"

나는 내 비밀에 대해서, 그 비밀을 재키한테 털어놓는 것이 얼마나 끔찍한 일일지에 대해서 생각해 봤다. 창피해서 죽고 싶을 것이다. 햇볕 아래 스르르 녹아 없어지는 아이스크림처럼 사라져 버리고 싶을 것이다.

나는 재키에게 대답을 해 주는 대신 다급하게 내 사정을 설명했다.

"재키, 잘 들어. 숲에서 혼자 살아남으려고 하는 중이야. 그런데 갖고 있던 물건들을 거의 다 잃어버렸고, 사람들이 내 뒤를 바짝 쫓고 있어."

"그게 네 비밀이니?"

나는 조심스럽게 고개를 저었다.

"아니."

재키가 물었다.

"나도 가면 안 돼?"

나는 잠시 머뭇거렸다. 재키가 따라온다면 당연히 아주 좋을 것이다.

나는 재키를 똑바로 쳐다봤다.

"내가 가려는 곳에는 아무것도 없어. 그리고 위험할지도 몰라."

"어째서?"

"오늘 밤에는 무척 추울 거야. 나한테는 먹을 것도 없고 침낭도 없어."

"지금 내 침낭을 가져갈 거잖아. 그리고 난 위험한 일 하는 걸 좋아해."

"너 미쳤구나."

재키는 말없이 웃기만 했다.

"그래, 좋아."

내 귀에 내 대답이 들렸다.

"좋다고?"

재키가 확인하듯 물었다.

나는 머릿속으로 열심히 할 말을 생각했다. 그리고 잠시 후 이렇게 말했다.

"한 가지 조건이 있어. 네가 위험을 감수할 준비가 되었는지 증명해야 해."

재키는 내 말에 망설이는 기색 없이 선뜻 대답했다.

"알았어. 어떻게 증명하면 되는데?"

갑자기 좋은 생각이 떠올랐다.

"내가 너한테 맡기는 임무를 수행해야 해."

재키는 내가 부여한 임무를 완수해야 했다. 그것이 조건이었다. 나를 위해 재키가 그 임무를 완수한다면 재키를 믿을 수 있었다. 그리고 나는 재키가 임무를 수행하는 동안 정말로 모든 걸 털어놓을지 충분히 생각할 시간을 벌게 될 것이다.

"너는 내가 가고 나서 30분 후에 출발하는 거야. 네가 내 은신처까지 찾아오면 거기에 함께 있어도 돼."

"네 은신처를 어떻게 찾으라는 거야?"

"시냇물이 나올 때까지 온 다음 하류 쪽으로 내려와. 내 은신처는 아무도 나를 볼 수 없는 곳이야. 땅에서 올려다보아도 안 보이고 하늘에서 내려다보아도 안 보여. 걸어서 한 시간 반쯤 걸릴 거야. 어쩌면 조금 더 걸릴 수도 있고. 시냇물 안에 들어가지는 마. 너무 추울 테니까."

재키는 고개를 끄덕이더니 나에게 한 손을 내밀었다.

"알았어. 나도 한 가지 조건이 있어."

예상치 못했던 말이었다.

"그게 뭔데?"

"내가 너를 발견하면 네 비밀을 얘기해 주는 거야."

이번에는 내가 고개를 끄덕일 차례였다. 나는 마지못해 고개를 끄덕거렸다.

은신처로 돌아가다

재키가 기쁜 얼굴로 나를 봐서 가슴이 뜨끔했다. 재키는 은신처가
어떤 곳인지 짐작도 하지 못할 것이다. 내가 숲속에서 살아남는 일
에 얼마나 서투른지 전혀 모를 것이다. 재키가 온다면 더할 나위
없이 좋겠지만 재키를 위험에 끌어들일 생각은 절대로 없었다.

나는 침낭을 돌돌 말았다.

재키가 물었다.

"먹을 것 좀 가져다줄까?"

"그래!"

동물 친구들이 환호성을 질렀다.

나는 재키를 올려다봤다. 솔직히 말만 듣고도 벌써 군침이 돌
지경이었다.

재키가 작게 덧붙였다.

"몰래 가져오는 거라 잘 될지는 모르겠어."

"알았어."

내 대답을 듣기도 전에 재키는 벌써 밖으로 나가 버렸다. 밖에서 재키가 버터 빵 한 개만 달라고 조르는 소리가 들렸다.

겨우 한 개? 간에 기별이나 갈까?

"방금 저녁을 먹었잖아."

누군가 대답하는 소리가 들렸다.

나는 밖에서 오가는 소리에 더 이상 신경을 쓰지 않고 공동 침실 안을 둘러봤다. 수학여행에는 원래 단것을 가져오면 안 되는데 엘리네의 배낭 밖으로 말린 바나나 한 봉지가 삐죽 나와 있는 것이 보였다. 나는 그것을 꺼내 침낭 안에 집어넣었다.

재키가 돌아와 의기양양한 표정으로 나에게 초콜릿 크림을 바른 빵을 건넸다. 나는 그 자리에서 3초 만에 빵을 해치웠다.

재키가 담담하게 지적했다.

"정말 배가 엄청 고팠나 보구나."

빵을 받으며 내가 어떤 얼굴을 했는지는 모르지만 아마도 바다표범을 보는 범고래 같은 표정을 지었을 것이다.

재키가 웃었다.

밖에서 "자클린, 괜찮니?" 하는 소리가 들렸다. 타이히 선생님이었다. 재키가 얼른 소리쳤다.

"네, 괜찮아요."

그러고는 스웨터 안에서 비스킷 한 통을 꺼냈다.

지렁이가 배를 쓰다듬었다.

어찌나 고마웠는지 하마터면 재키를 덥석 껴안을 뻔했다. 나는 떨리는 손으로 비스킷을 받아들었다. 재키가 미소를 지었다.

나는 재키에게 속삭였다.

"잘 먹을게. 고마워!"

침낭을 챙겨 막 창문을 빠져나가려는데 갑자기 밖에서 노크 소리가 들렸다. 그리고 바로 문이 열리더니 타이히 선생님이 들어왔다. 노크 소리가 나고 문이 열리기까지 불과 1, 2초 정도의 짧은 시간 동안에 나는 바닥에 바짝 엎드렸다. 그리고 타이히 선생님이 재키를 향해 다가가는 동안 소리 없이 몸을 굴려 침대 아래로 숨었다. 침낭이 바스락 소리를 냈다.

다행히도 재키는 정말 머리가 좋았다. 내가 챙긴 침낭에서 소리가 나는 순간 선생님이 그 소리를 이상하게 여기지 않도록 순식간에 다른 침대에 있는 침낭을 집어 들었다.

선생님이 의아한 얼굴로 물었다.

"뭘 하는 거니?"

재키가 대답했다.

"방금 침대를 정돈했어요."

내 동물 친구들이 빙긋 웃었다. 참 그럴듯한 거짓말이었다!

"정말 괜찮은 거지?"

선생님이 또 물었다. 그리고 몸을 부르르 떨더니 창가 쪽으로 가서 창문을 단번에 아래로 내렸다.

"바람이 너무 많이 들어오는구나!"

"괜찮지 않을 이유가 있나요?"

"네가 빈센트랑 꽤 친해진 것 같았다. 그런데 이렇게 빈센트가 갑자기 사라졌으니……. 네가 무척 충격을 받았을 거라는 생각이 들었단다."

"물론 충격을 받았죠."

재키가 대답했다. 동물 친구들이 큰 소리로 웃음을 터뜨렸다. 하지만 그 소리를 들을 수 있는 건 나뿐이었다. 선생님의 말에 재키가 아주 슬픈 표정을 짓자 나는 웃음이 터져 나오려는 걸 억지로 참느라 안간힘을 써야 했다.

타이히 선생님은 내가 숨어 있는 침대 맞은편에 걸터앉았다. 나는 숨을 죽였다. 선생님이 위로하듯 재키의 어깨에 팔을 둘렀다. 재키는 최대한 극적인 표정을 지었다. 타이히 선생님이 앉은 자리에서는 나를 쉽게 볼 수 있었다. 하지만 나로서는 그것을 막을 어떤 행동도 할 수가 없었다. 그저 내가 있는 방향을 쳐다보지 않기를, 혹시 쳐다보더라도 내가 보이지 않기를 바랄 뿐이었다.

선생님이 재키를 위로했다.

"네 심정은 충분히 이해한다. 우리 모두에게 이 일은 정말 충격적이야."

선생님이 걱정스러운 눈길로 창밖을 바라보는 모습이 보였다.

"수색 팀이 최선을 다하고 있단다. 금방 찾으면 좋으련만. 오늘 밤은 기온이 아주 많이 떨어질 텐데……."

그 순간 재키가 고개를 숙이고 양손으로 눈을 가렸다. 선생님은 놀라서 어쩔 줄 몰랐지만 나는 재키가 우는 척하고 있다는 걸 바로 눈치챘다. 재키는 과장된 동작으로 코를 훌쩍거렸다. 선생님이 재키를 달랬다.

"별일 없을 거야. 분명해. 내가 장담하마."

선생님은 재키의 머리를 쓰다듬었다. 나는 꼼짝도 하지 않았다. 숨소리도 거의 내지 않았다. 하지만 온 신경을 곤두세운 채 선생님이 하는 말에 집중했다. 내가 불과 2미터 거리에 숨어 있는 줄도 모르고 내 걱정을 하는 선생님을 보고 있자니 기분이 정말 이상했다. 지금까지는 내가 사라지면 누군가 나를 걱정할 것이라고 생각해 본 적이 없었다.

선생님이 침대에서 일어섰다. 거리가 얼마나 가까운지 손을 뻗으면 닿을 것 같았다.

"책이라도 좀 읽으렴. 수색 팀이 돌아오기까지는 시간이 꽤 걸릴 거다."

재키가 고개를 끄덕이고는 선생님 등 뒤에서 나한테 살짝 윙크를 했다. 선생님이 몸을 돌려 방 밖으로 나가자마자 나는 침대 아래에서 기어 나왔다.

재키가 흥분한 얼굴로 속삭였다.

"정말 아슬아슬했어."

나도 소리를 죽여 대꾸했다.

"선생님이 오시는 소리 못 들었는데……."

"실내화를 신고 계시잖아."

나는 침낭을 다시 돌돌 말아 겨드랑이에 끼고 창문으로 갔다.

"잠깐 기다려."

재키가 나를 불러 세우더니 자기 배낭에서 사과 한 개와 오렌지 주스 한 팩을 꺼내 내밀었다. 나는 그것들도 전부 침낭 안에 쑤셔 넣었다.

"네가 내 침낭을 가져가면 난 어디에서 자?"

"내 침낭을 가져와."

재키는 "그럼 되겠네." 하고 대꾸하더니 한숨을 쉬었다.

"문제는 일단 그걸 몰래 갖고 나와야 한다는 거지."

"넌 그런 일 잘할 수 있잖아."

내 말에 재키는 뻐기는 얼굴로 피식 웃었다.

나는 재키에게 "이따가 보자." 하고 인사를 건넸다.

"아무한테도 알리면 안 된다고 빨리 말해!"

동물 친구들이 입을 모아 외쳤다.

"아무 말도 안 할 거야."

내가 부탁하기도 전에 재키가 먼저 말을 꺼냈다.

"아무한테도."

나는 고마움을 느끼며 재키를 바라봤다.

"좋아."

"나중에 보자."

재키가 인사를 건네면서 나에게 윙크를 했다.

다람쥐가 흥분해서 소리쳤다.

"너한테 윙크를 했어!"

"정말?"

지렁이는 그 장면을 놓쳤나 보다.

"그래. 나도 봤어."

나는 조그맣게 혼잣말로 중얼거렸다. 나는 아주 잠깐 손을 내밀까, 아니면 나도 윙크를 할까 고민했다. 하지만 시간이 없다는 걸 깨닫고 소리가 나지 않도록 조심하면서 창문을 위로 올렸다. 그리고 창문을 빠져나온 후 잔디밭을 지나 숲으로 달려갔다.

은신처로 돌아가는 길을 찾는 일은 어렵지 않았다. 하지만 나는 숲속 한복판에서 커다란 손전등을 든 사람들과 마주칠 뻔했다. 푸르스름한 전등 불빛이 나무 등걸을 비추자 잠에서 깨어난 새들과 박쥐가 요란하게 비명을 지르기 시작했다. 멀리서 개구리 울음소리도 들려왔다. 사람들은 아무 말도 하지 않고 마치 유령처럼 조용히 움직였다. 한 팔 간격으로 나란히 서서 옆으로 길게 행렬을 이루어 숲속 곳곳을 샅샅이 뒤졌다. 나를 혹은 내 시체를 찾고 있는 게 틀림없었다.

하지만 사람들은 아무것도 발견하지 못할 것이다. 내 시체도 발견하지 못할 것이고 나를 발견하지도 못할 것이다. 왜냐하면 나는 지금 그 사람들 바로 뒤에서 20미터 정도 거리를 둔 채, 소리 나지 않게 비스킷을 먹으며 뒤따라가고 있기 때문이다.

암석 위에서

수색 팀은 계속 축축하게 젖어 있는 숲을 통과했다. 사람들이 반복적으로 손전등을 들어 주변을 비추었다.

산토끼와 여우가 동굴 깊숙이 숨었다. 수색 팀은 불빛을 앞으로만 비추지 뒤로는 비추지 않았다. 그들은 잠시도 멈추지 않고 앞으로 나아갔다.

어디서 온 사람들일까? 얼핏 본 얼굴들은 모두 내가 모르는 사람이었다. 다들 장화를 신고 비옷을 걸치고 있었다. 혹시 엄마, 아빠도 여기 있을까?

수색 팀을 몰래 따라가다 보니 내가 서바이벌 키트를 잃어버렸던 지점에 도착했다. 일렬로 늘어선 사람들이 시냇물을 건너는 모습이 보였다.

사람들은 손전등 불빛을 물에도 비추고 물가에 우거진 덤불에도 비추었다. 가장 깊은 곳이라고 해 보았자 겨우 내 허리께에 오는데 내가 빠져 죽었을 거라고 생각했나 보다. 시냇물을 건넌 사람들이 행진을 계속하며 멀어져 갔다. 나는 더 이상 그들의 뒤를 따라가지 않고 어둠 속에 남았다.

나는 시냇물을 따라 하류 쪽으로 걸었다. 은신처까지는 상당히 멀었다. 몇 킬로미터나 되는지는 모르지만 거의 한 시간 이상을 커다란 바위를 넘어가기도 하고 나무가 울창한 숲을 통과하기도 했다. 마침내 내가 찾던 암석이 보였다. 자갈밭 위로 높이 솟은 은신처를 바로 알아볼 수 있었다.

나는 위로 올라가 가져온 것들을 암석 위에 내려놓았다. 그리고 그곳을 떠나기 전 모아 두었던 나뭇잎을 가지러 갔다. 잠자리를 만들기 위해 적어도 열 번은 오르락내리락했다. 그런 다음 다시 숲으로 가 땅에서 풀덤불을 잔뜩 뽑아 스웨터와 바지 안에 빵빵하게 집어넣었다. 심지어는 속옷과 양말에도 집어넣었다. 지금은 풀이 축축하고 차갑지만 시간이 지나 내 체온으로 데워지면 보온에 도움이 될 것이다. 어쩌면 집에 있는 내 침대에 누운 것만큼이나 아늑할 것이다.

마지막으로 재키를 위해서 굵직한 풀덤불을 뽑았다. 재키가 오면 필요할 것이다. 재키가 오면 내 비밀을 말해 주어야 한다는 것이 마음에 걸리긴 했지만 그래도 정말로 오면 좋겠다고 생각했다. 나는 돌돌 말린 침낭을 나뭇잎 위에 펼친 다음 침낭 안으로 기어들어가 지퍼를 올렸다. 침낭에 완전히 감싸인 내가 꼭 이집트 미라 같았다. 머리 부분에 있는 끈을 당기자 모자를 쓴 것처럼 머리를 덮었다.

서서히 몸이 따뜻해졌다. 처음에는 손이 따뜻해지더니 잠시 후 엉덩이가 따뜻해졌다. 재키의 침낭 안에서 마침내 발까지 따끈따끈해졌다.

칠흑 같은 어둠이 사방을 둘러싸고 있었다. 그럼에도 불구하고 나는 수색 팀이 이곳까지 찾아와 나를 발견할까 봐 두려웠다. 물론 아래에서 올려다보아도 보이지는 않겠지만 누군가 위로 올라와 손전등을 비추면 어쩌지?

나는 남은 비스킷을 마저 먹고 잠들지 않으려고 애썼다.

지렁이가 작은 소리로 물었다.

"재키가 정말 올까?"

망아지가 언짢은 표정을 짓더니 한숨을 쉬었다.

"너무 어려운 임무를 줬어."

다람쥐가 소리쳤다.

"시험이잖아. 시험은 쉬우면 절대로 안 되는 거야."

숲은 죽음처럼 고요했다. 내 말은 사람 소리가 전혀 들리지 않았다는 뜻이다.

다른 소리들은 엄청 시끄러웠다. 나무는 오래된 자전거처럼 삐거덕거리고 나뭇잎이 바스락바스락하는 소리가 교통이 혼잡한 지점에서 나는 소리만큼이나 시끄러웠다. 내 잠자리는 숲에서 움직임이 가장 활발한 중심지에 자리 잡고 있는 듯했다. 크고 작은 짐승들이 어디론가 가기 위해서 내 은신처 아래를 바쁘게 뛰어가는 소리가 들렸다.

갑자기 암석 아래에서 '쉿!' 소리가 들렸다.

재키가 온 걸까?

나는 암석 가장자리로 굴러가 조심스럽게 아래를 내려다봤다. 정말 재키였다! 재키는 이마 깊숙이 후드를 눌러쓰고 옆구리에 내 침낭을 끼고 있었다. 망아지가 환호성을 질렀다.

"재키가 여기를 찾는 데 성공했어!"

재키가 나를 불렀다.

"빈스!"

나는 침낭에서 몸을 빼면서 속삭였다.

"올라와!"

재키가 일단 침낭을 위로 던지자 나는 그것을 공중에서 낚아채 나뭇잎 위에 펼쳤다. 재키는 날쌘 동작으로 암석을 타고 올라오더니 얼굴 한가득 미소를 지었다.

"우아! 은신처가 아주 근사한걸!"

"고마워!"

"시냇물을 따라서 얼마나 오래 걸어왔는지 몰라. 아무리 걸어도 네가 말한 장소가 보이지 않아서 혹시 지나친 건 아닌가 생각했어. 하마터면 왔던 길을 되짚어 갈 뻔했지 뭐야."

나는 걱정스럽게 물었다.

"사람들이 아직도 나를 찾고 있니?"

"내가 출발할 때까지만 해도 돌아오지 않았어."

재키의 대답은 나를 불안하게 만들었다.

"우린 여기서 아주 조용히 있어야 해."

재키가 고개를 끄덕였다.

나는 재키를 위해 가져온 풀덤불을 재키에게 건네며 말했다.

"체온을 유지하는 방법이야."

동물 친구들이 입을 모아 자랑스럽게 외쳤다.

"빈센트는 모르는 게 없어!"

나는 재키에게 옷 안에 풀을 채우는 법을 알려 주었고 재키는
아무 말 없이 내 말대로 했다. 티셔츠와 바지, 그리고 양말 안까지
풀을 충분히 넣은 다음 재키는 침낭 안으로 들어와 내 옆에 앉았다.

"내가 너를 찾을 수 있다고 말했잖아."

나는 재키가 숲속을 헤매지 않고 내가 있는 곳을 발견해서 정
말 다행이라고 생각하며 고개를 끄덕였다.

"우리 여기 바위 위에서 자는 거니?"

"응."

딱정벌레가 물었다.

"사람들이 오면 어떡해?"

"우리가 번갈아 가며 망을 보는 게 좋겠어."

나는 재키에게 제안했다.

"어떻게 하는 건데?"

재키는 기대하는 표정으로 물었다.

"한 사람이 먼저 자는 동안 다른 사람이 망을 보는 거야. 한 시간 있다가 깨우면 먼저 잤던 사람이 망을 볼 차례지."

"재미있겠다. 참, 내가 뭐 가져왔게?"

재키는 "짜잔!" 소리와 함께 자기가 들고 온 침낭에서 땅콩과 시리얼바를 꺼냈다. 내가 비상식량으로 챙겼던 것들이었다. 내 침낭을 몰래 가져올 때 눈에 띄어서 챙긴 것 같았다.

"최고다!"

"더 좋은 게 있는데 뭐냐면……."

재키는 침낭을 계속 뒤졌다. 찾고 있는 것이 침낭 맨 아래로 들어가 버린 바람에 시간이 걸렸지만 결국 의기양양한 표정으로 무언가를 끄집어냈다.

"그게 뭐야?"

나는 재키가 꺼낸 물건이 무엇인지 어두워서 알아볼 수가 없었다. 재키가 씩 웃었다.

"보온병에 든 차야. 타이히 선생님 것을 슬쩍 가져왔지."

우리는 김이 모락모락 피어오르는 차를 작은 잔에 따라서 나누어 마셨다. 그리고 졸졸졸 흐르는 시냇물 한복판에 높이 솟은 암석 위에 앉아 따뜻하고 아늑한 분위기를 맛보며 먼 곳을 내려다봤다. 사실 보이는 것은 없었지만…….

멀리 아래쪽에서 시냇물 흐르는 소리와 동물들이 내는 발걸음 소리가 들렸다. 바람이 나무를 흔들어 나뭇가지가 살랑거리는 소리도 들렸다. 하지만 너무 어두워서 우리 눈에는 아무것도 보이지 않았다.

우리는 숲 위로 펼쳐진 밤하늘을 바라봤다. 한없이 넓은 깜깜한 하늘에 별이 무수하게 떠 있었다.

모든 것을
털어놓다

동료가 저체온증에 걸렸을 때는
절대로 바닥에 누워 있는 채로 그냥 두어서는 안 된다.
따뜻한 몸으로 꼭 껴안아 주어야 한다.

저체온증에 걸린 동료의 체온이 더 이상 내려가지 않도록 하기 위해서는 다음과 같은 조치가 필요하다.

먼저 여분의 옷이 있다면 젖은 옷을 마른 옷으로 갈아입히고 침낭 안에 함께 들어간다. 동료에게 당분이 많은 먹을 것이나 따뜻한 차를 준다. 그리고 뜨거운 물을 채운 물주머니로 등 아래쪽과 배, 겨드랑이와 목덜미, 손목과 허벅지를 문질러 준다. 물주머니가 없다면 따끈하게 달군 돌을 사용해도 된다.

마지막으로 최대한 빨리 현재 머물고 있는 곳을 떠나 적절한 처치를 받을 수 있는 장소로 돌아간다.

숲에서 보낸 밤

"정말 아름답지?"

나는 옆으로 고개를 돌렸다. 어둑어둑한 가운데 내 옆에 똑바로 앉아 있는 재키의 형체가 어렴풋하게 보였다.

재키는 뒤집어쓰고 있던 후드를 뒤로 내린 채 하늘을 올려다봤다. 재키의 매끈한 머리카락이 별빛을 머금고 반짝거렸다. 재키는 평소에 머리카락을 스웨터 안에 집어넣고 모자를 깊게 쓰고 다녔다. 하지만 지금은 등 뒤로 길게 늘어뜨리고 있었다. 머리가 정말 길었다. 나는 어깨 너머로 망아지가 재키의 머리카락에 조심스럽게 코를 대고 킁킁거리는 모습을 봤다.

"그래."

나는 한 박자 늦게 대꾸를 하고 나서 재키와 같이 하늘을 쳐다봤다. 달도 뜨지 않은 밤은 칠흑처럼 어두웠지만 그렇기 때문에 별들이 그 어느 때보다 더 밝게 빛났다. 수천 개, 아니 수백만 개는 되는 것 같았다. 밤하늘에 보이는 은하는 마치 분홍색 리본이 소용돌이 모양을 그리고 있는 것 같았다. 나는 하늘을 올려다보며 내 눈에 보이는 것들을 이해하려고 애썼다.

처음에는 밤하늘이 꼭 책이나 영화에 나오는 장면처럼 느껴졌다. 나는 내가 지금 보고 있는 것이 진짜라는 사실을 몇 번이나 마음속에 되새겼다. 은하, 큰곰자리, 미지의 행성들, 대폭발, 그리고 블랙홀……

아직 발견되지 않은 낯선 존재들로 가득 찬 세계. 그 낯선 존재들은 어쩌면 우리가 아는 것들과 조금씩 닮은 구석이 있을지도 모른다. 인간을 닮은 동물과 식물을 닮은 인간, 나무처럼 생긴 덤불, 물고기처럼 물속에서 사는 돼지, 사과멜론, 원숭이벼룩, 닭처럼 생긴 산토끼, 초소형 몬스터, 그리고 거대한 생쥐. 나는 재키에게 큰곰자리와 작은곰자리, 오리온자리를 가르쳐 주었다.

재키가 조그맣게 말했다.

"리오에서 보이는 별은 완전히 다른데."

나는 고개를 끄덕였다.

"내가 정말 이해할 수 없는 일이 뭔지 아니?"

재키가 갑자기 소리를 조금 높여 물었다.

"뭔데?"

"사람들이 왜 항해를 하거나 등산을 하는지 모르겠어. 머리 위를 쳐다보기만 해도 끝없는 하늘이 펼쳐져 있는데 말이야."

"하지만 산 위에서는 얼마나 끝이 없는지 더 잘 보이잖아."

잠시 후 재키는 자기가 리오에 살았을 때 알았던 여자아이 이야기를 했다. 그 아이는 어지럽고 무서워서 하늘을 올려다보는 걸 싫어했다고 한다. 고소공포증이 반대로 찾아온 경우라고 했다.

재키가 그 애한테 그럼 좋아하는 건 뭐냐고 물었더니 이렇게 말했단다.

"옷 사는 걸 좋아해."

재키가 웃었다.

"그런데 나는 쇼핑이라면 질색이거든. 하지만 그 애 말을 듣고 끝없는 무언가를 보는 걸 무서워하는 사람이 쇼핑은 좋아할 수 있다는 사실이 이해가 갔어."

나는 재키가 해 준 이야기에 아무런 대꾸도 하지 못했다.

사실 그 얘기는 그다지 이상한 이야기도 아니었다. 다만 이제까지 내가 관심을 가진 문제에 다른 사람도 관심을 보이거나 함께 대화를 나눈 적이 한 번도 없었기 때문에 어색하기도 하고 망설여지기도 했다. 재키가 정말로 나랑 비슷한 생각을 가지고 있는 걸까?

다람쥐가 걱정스러운 목소리로 속삭였다.

"너 예전에 딜런에게 속은 적 있잖아."

"지금은 속고 있는 게 아니야."

나는 목소리를 낮추어 중얼거렸다.

"지금 뭐라고 했니?"

재키가 물었다.

나는 얼른 "아무 말도 안 했어." 하고 잡아뗐다. 나는 혼자 있는 게 아니었다. 그러니 내키는 대로 아무 때나 혼잣말을 할 수는 없었다.

"임무를 완수했으니까 이제 네 비밀을 말해 줘."

재키가 나에게 불쑥 요구했다.

나는 놀란 나머지 차가 담긴 잔을 손에서 놓치고 말았다. 잔이 데굴데굴 굴러서 아래로 떨어지더니 바위에 부딪치면서 어디론가 사라졌다.

재키가 담담하게 중얼거렸다.

"잔을 잃어버렸네."

나는 잠깐 동안 주어진 시간을 이용해 머릿속으로 재빨리 생각을 정리했다. 무슨 말을 하지? 나는 마음속으로 재키가 아래로 떨어진 잔에 신경 쓰느라 나한테 했던 질문을 잊어버렸으면 좋겠다고 생각했다.

재키는 암석의 가장자리로 가서 바닥에 엎드려 아래를 내려다 보았지만 당연히 아무것도 보지 못했다.

"할 수 없지. 보온병에 입을 대고 마시는 수밖에."

정말로 재키에게 내 비밀을 다 털어놓을 용기가 나한테 있을까? 다 말한다면 어디서부터 시작을 해야 할까? 하나도 빼지 않고 전부 말해야 할까, 아니면 일부는 그냥 감출까? 재키가 다시 내 옆으로 와서 앉았다. 나는 재키를 처다봤다. 재키는 나한테서 시선을 떼지 않은 채 아무 말도 하지 않았다. 내가 말을 꺼내기를 기다리고 있다는 사실이 분명해지자 갑자기 겁이 덜컥 났다.

뺨이 화끈거렸다. 어두워서 재키가 볼 수 없다는 것이 다행이었다. 나는 다시 재키를 쳐다봤다. 재키는 여전히 눈 한 번 깜빡거리지 않고 나를 보고 있었다.

나는 숨을 크게 들이쉬었다.

그동안 내가 겪었던 일을 나는 전부 다 얘기했다. 하나도 빼지 않았다. 일단 말을 시작하자 모든 것을 털어놓고 싶다는 생각에 도저히 멈출 수가 없었다.

어렸을 때 놀이터에서 일어났던 일과 길거리에서 아이들이 나를 이상하게 봤던 일, 좋은 가죽 구두를 신고 학교에 갔을 때 내가 당했던 일, 내가 왜 그렇게 행동하는지 나 자신도 이해할 수 없었지만 그 행동이 뭔가 상황에 맞지 않는다는 것은 알고 있었다는 사실, 학교 끝나고 집에 가는 길에 딜란과 슈테판이 나를 기다리고 있다가 괴롭혔던 일과 내가 생물 시간에 발표를 맡았을 때 일어났던 일, 그리고 공원에서 아이들이 나를 공격했던 일, 그 모든 것들을 털어놓았다.

샤를로테 누나 얘기도 했다. 금요일까지 상황이 달라지지 않으면 누나가 부모님한테 다 말하기로 했다는 사실도 말했다. 다시는 돌아가고 싶지 않고, 다시는 얻어맞고 싶지 않다고 말했다. 춥고 먹을 것도 없긴 하지만 여기 있으면 행복하다고도 말했다. 그리고 부모님이 내가 겪은 일들을 몰랐으면 좋겠다는 말도 했다.

"왜?"

"알게 되면 슬퍼할 거야."

"그게 어때서?"

"그럼 너무 속상해."

"하지만 너한테 일어난 일들을 들으면 눈물이 나올 수밖에 없는걸."

나는 아직 못다 한 이야기를 마저 해야 해서 재키의 말이 무슨 뜻인지 생각하지 않았다. 나는 재키에게 일지에 썼던 내용을 알려 주었다. 나 자신을 부끄럽게 여긴다는 사실과 아이들이 나에 대해서 하는 말이 맞을지도 모른다고 종종 생각한다는 사실, 지난밤에 일어났던 일을 모두 말해 주었다. 그리고 팔에 있는 상처를 보여 주었다.

재키가 옷으로 싸맨 상처 위를 살살 만져 주었다. 나는 재키에게 딜란이 내 팔을 찔렀는데 두꺼운 점퍼를 뚫고 이런 상처가 난 것으로 보아 틀림없이 칼로 그랬을 거라고 말했다. 그 순간 별빛 사이로 무언가 반짝였다.

망아지가 놀라서 물었다.

"재키가 우는 거야?"

재키가 울먹이는 목소리로 말했다.

"정말 못됐다. 어떻게 그렇게 못될 수가 있지?"

나는 재키의 반응에 당황했다.

"내가 바보 같다고 생각하지 않아?"

"넌 바보가 아니야, 빈스."

재키가 단호하게 부인했다.

"정말 그렇게 생각해?"

"물론이야."

나는 잠시 무슨 말을 해야 할지 몰라 머뭇거렸다. 하지만 지금이 아니라면 기회는 없었다. 나는 조심스럽게 물었다.

"나한테서 냄새가 나?"

"아니, 전혀 안 나."

재키가 고개를 절레절레 흔들더니 갑자기 한 마디 덧붙였다.

"참, 썩은 나뭇잎 냄새는 나는걸."

그러고 나서 엄청나게 큰 소리로 웃기 시작했다. 나는 깜짝 놀라 주위를 둘러봤다.

"걱정 마. 내 말은 지금만 그렇다는 거야. 평소에는 너희 엄마샴푸 냄새인지 꽃향기가 나더라."

재키가 다시 웃음을 터뜨렸다. 이번에는 웃음소리가 더 컸다.

"쉿!"

나는 얼른 작은 소리로 조용히 하라고 주의를 주었다. 사람들이 우리 소리를 들을까 봐 겁이 났다.

재키가 갑자기 벌떡 일어섰다. 침낭이 무릎 아래로 흘러내렸다. 재키는 두 팔을 활짝 펴고는 어두컴컴한 숲을 향해 목청껏 외쳤다.

"우리 여기 있어요!"

재키의 목소리가 나무 사이로 울려 퍼졌다. 잠들었던 새들이 소스라치게 놀라 날갯짓하며 날아오르는 소리와 지저귀는 소리가 들렸다.

"누가 들어도 상관없어! 나한테 네 비밀을 얘기해 줬잖아. 이제부터는 사람들이 뭐라고 하든 신경 쓰지 마. 맘대로 하라고 해. 반 애들도 마찬가지야. 너랑 나랑 재미있게 지내면 돼. 난 웃고 싶으면 마음껏 웃을 거야. 너도 그렇게 해."

"알았어. 네 말이 맞아."

나는 거침없이 큰 소리로 웃기 시작했다.

모두가 정상이 아니야

우리는 계속 이야기했다. 재키는 어떤지 모르겠지만 나는 지금까지 그렇게 말을 많이 한 적이 한 번도 없었다. 난생처음으로 하고 싶은 말을 아무런 거리낌 없이 다 했다. 무슨 말을 하든 창피해하지 않고 내 말이 이상하게 들릴까 봐 겁내지도 않았다. 재키는 이미 나에 관해 전부 알고 있으니 아무것도 걱정할 필요가 없었다.

"실은 나도 집단 괴롭힘 당한 적 있어."

재키가 갑자기 고백했다.

"정말?"

나는 재키의 말이 선뜻 믿기지 않았다.

"그래서 지난번에 내가 너를 우리 집에 데려갔을 때 엄마가 그렇게 좋아했던 거야."

"하지만 너는 멋진 애잖아."

재키가 웃었다.

"그렇게 변한 거야. 브라질에서 살았을 때 애들이 얼마나 심하게 괴롭혔는지 몰라. 반 아이들은 전부 포르투갈어를 했는데 난 못했거든. 여자애들은 내가 여자답지 않다고 거들떠보지도 않았고, 남자애들은 틈만 나면 나한테 못된 장난을 쳤어. 날마다 애들이랑 싸우느라 너처럼 항상 멍투성이였지. 그렇게 빨리 외국어를 배운 것은 처음이었어. 서핑을 할 줄 알게 되고 나서야 아이들이 날 괴롭히는 걸 그만두더라."

"네가 멋있는 애가 되어서?"

"맞아. 방법만 알면 얼마든지 멋있게 보일 수 있어. 지금이라도 너한테 멋있게 보이는 방법을 알려 줄 수 있는걸."

"어떻게?"

"음…… 드럼을 배우기로 한 건 좋은 생각인 것 같아. 이제 너한테 필요한 건 드러머답게 행동하는 거야. 가슴에 밴드 이름이 새겨진 까만색 티셔츠를 입어야 해. 그럼 멋진 드러머로 보일 테고 애들도 인정할 거야. 애들은 자기가 인정하는 것은 정상적인 거라고 생각하잖아. 나머지는 신경 쓸 필요 없어. 애들이 너를 두고 이러쿵저러쿵하면 그냥 큰 소리로 웃어넘겨. 그렇게 할 수 있지?"

"응."

"그것 봐. 별것 아니잖아."

"그럼 나도 정상적인 애가 되는 거야?"

"아니, 절대로 아니야! 완전 멋있는 빈스, 엄청 대단한 빈스가 되는 거지."

"너는 정상인 게 뭔지 아니?"

"몰라. 하지만 완전히 정상인 사람은 한 명도 없을걸. 자기는 100퍼센트 정상이라고 주장하는 사람은 사실 무언가 감추는 게 있는 거야."

"정말 그렇게 생각해?"

"물론이지. 우리 반 아이들은 전부 겁쟁이야. 네가 무슨 일을 당하고 있는지 알기 때문에 자기들도 그런 괴롭힘을 당할까 봐 두려워하고 있어. 그래서 가능한 한 정상인 것처럼 보이려고 얼마나 조심하는지 몰라. 그 아이들은 남들과 다른 행동을 할 엄두를 못 내는 거야."

"정말로?"

"그래, 정말로. 내가 한 가지 더 알려 줄게. 정상이라는 건 원래 없는 거야."

"없다고?"

"왜냐하면 그게 뭔지 정확하게 아는 사람이 한 명도 없으니까. 너는 아니?"

나는 오래전부터 정상이 뭔지 고민해 왔지만 올바른 답을 찾지 못했다.

"대부분의 사람들이 정상이라고 판단하는 것, 그것이 정상 아닐까?"

나는 자신 없는 말투로 대답했다.

"아니야. 대부분의 사람들이 정상이라고 판단할 거라고 모두가 '믿는' 것, 그게 사람들이 말하는 정상이야."

"뭐?"

나는 재키가 하는 말을 이해할 수 없었다.

재키는 나에게 차근차근 설명했다.

"사람들은 정상이 뭔지 정확하게 모르면서도 정상으로 보이고 싶어 해. 그렇지 않다는 평가를 받을까 봐 두려우니까. 하지만 어떤 게 정상인지는 반마다 다르고, 문화권이나 나라마다 다른걸. 내가 네 군데 나라에서 학교를 다섯 군데나 다녀 보니까 그렇더라. 정상이라는 건 원래 없는 거야."

재키는 다시 침낭에 들어가더니 느닷없이 고릴라 흉내를 냈다. "정상이 아니야!" 하고 고래고래 소리를 지르며 가슴을 탕탕 쳤다. 나는 화들짝 놀라서 작은 소리로 "쉿!" 하고 주의를 주었다.

그런데 갑자기 내 동물 친구들이 나타나 재키의 행동에 장단을 맞추었다. 딱정벌레는 뒷다리에 힘을 주고 몸을 일으킨 채 고함원숭이처럼 앞다리로 가슴팍을 두드렸다. 그 옆에서 망아지가 콧김을 거칠게 내뿜으며 히힝거렸다. 다람쥐는 비비처럼 나뭇가지에 거꾸로 매달려 있었고, 지렁이는 스모 선수처럼 몸을 잔뜩 부풀렸다.

재키가 외쳤다.

"빈스, 너도 해 봐!"

처음에는 '에이, 어떻게 그래.' 하고 망설였지만 좀 지나자 한 번쯤 시도해 보는 것도 괜찮겠다는 생각이 들었다.

안 될 것도 없었다. 동물 친구들도 용기를 내지 않았는가! 우리가 지금 있는 곳은 깊은 숲속이니 내 행동을 볼 사람은 재키를 빼고는 아무도 없었다. 나는 조심스럽게 몸을 일으켜 머뭇거리는 동작으로 가슴을 두드렸다.

재키가 목청껏 고함을 쳤다.

"정상이 아니야! 정상이 아니야!"

나도 재키를 따라 "정상이 아니야!" 하고 외쳤지만 내 목소리는 가냘프기 짝이 없었다. 자신감이라고는 전혀 담겨 있지 않았다.

재키가 한숨을 쉬었다.

"빈스, 제대로 좀 해 봐."

나는 숨을 깊이 들이쉬고는 힘껏 소리를 질렀다.

"정상이 아니야!"

내 목소리가 바위에 부딪쳐 메아리로 되돌아왔다. 덤불 속에 있던 짐승들이 이리저리 후다닥거리고 깜짝 놀란 개구리는 요란한 울음소리를 냈다. 그리고 잠시 후 다시 조용해졌다.

"빈스, 잘했어! 우리는 정상이 아니야!"

재키가 큰 소리로 웃었다. 웃음소리가 어찌나 큰지 잠깐 동안 시냇물 흐르는 소리가 안 들릴 정도였다.

시간이 얼마나 지났는지 모르겠다. 우리는 아름답고 어두운 숲속에서 시간 감각을 완전히 잃어버렸다. 나와 재키는 함께 웃었다. 재키는 우리가 장기 자랑 시간에 같이 부르기로 한 노래를 부르고 나는 춤을 추었다.

나는 쿨한 아이처럼 춤추었다. 나는 드럼 연주자처럼 춤추었다. 나는 정상적으로 춤추었다. 하지만 그건 재미없었다. 그런데도 재키는 웃음을 참지 못했다. 나는 완전 멋있는 빈스처럼 춤추었다. 재키는 정신없이 웃다가 하마터면 아래로 굴러떨어질 뻔했다.

"왜 그렇게 웃는 거야?"

내 행동이 이상한 건 아닐까 하는 생각이 얼핏 머리를 스쳤다.

"빈스, 넌 정말 재미있는 애야. 네가 얼마나 재미있는 아이인지 전혀 모르는 모양이구나."

"재미있다고?"

내가 재미있는 애라는 생각은 들지 않았다. 그저 지금은 몸과 마음이 너무 가볍고 즐거운 기분이었다. 이런 기분은 한 번도 느껴 본 적이 없었다. 나는 규칙과 원칙과 지루하기 짝이 없는 정상적인 사람들로 가득 찬 어리석은 세상을 굽어다보는 높은 암석 위에서 마치 술에 취한 사람처럼 춤을 추었다.

우리 반 아이들이 숙소에 누워 잠자고 있는 모습을 그려 봤다. 재키와 내가 거기에 있지 않고 이렇게 함께 모험을 하다니 얼마나 멋진 일인가!

나는 속삭였다.

"이제 너희한테 신경 안 써!"

재키가 물었다.

"빈스, 뭐라고 했니?"

나는 소리 높여 외쳤다.

"이제 너희한테 신경 안 써!"

재키가 고개를 끄덕였다.

"잘했어."

나는 자리에 앉아 귀를 기울였다. 사람들이 우리가 내는 소리를 들었을까? 우리를 데리러 올까? 하지만 숲속은 고요하기만 했다. 모든 정상적인 사람들은 잠자고 있었다. 수색 팀에 참여했던 사람들도 예외는 아닐 것이다.

자정이 훨씬 지났을 때쯤 재키는 잠들었다. 나는 재키에게 보초를 서겠다고 약속했다. 그래서 주의 깊게 사방을 관찰했다.

다람쥐가 물었다.

"지금 몇 시인 것 같아?"

알 수 없었다. 단지 이렇게 오래 잠들지 않고 깨어 있던 적이 한 번도 없었다는 사실은 분명했다.

나뭇잎으로 만든 베개를 벤 재키의 얼굴이 하얗게 보였다. 재키의 나지막한 숨소리가 들렸다. 나는 누워서 내 입김이 깊은 밤 차가운 공기를 뚫고 몽실몽실 피어오르는 것을 바라봤다. 고개를 돌려 다시 재키를 쳐다봤다. 재키를 깨워 이 모든 것이 정말로 일어나고 있는 일인지, 우리가 여기 함께 있는 것이 맞는지, 재키도 나처럼 지금 이 상황이 믿을 수 없을 만큼 환상적이라고 여기는지 묻고 싶었다. 재키가 말한 것들이 모두 사실인지, 정말로 내가 이상하다고 생각하지 않는지, 정상이라는 건 없는 건지, 그리고 나한테서 고약한 냄새가 나지 않는다고 한 말이 진심인지 묻고 싶었다. 내가 아주 멋진 빈스가 될 거라고, 아니, 아주 멋진 빈스라고 한 말이 정말인지 묻고 싶었다.

한 시간쯤 지난 듯해 나는 재키의 어깨를 살살 흔들었다. 그리고 작은 소리로 재키를 불렀다. 내 동물 친구들도 입을 모아 재키의 이름을 불렀다. 하지만 재키는 깨지 않았다. 아주 깊이 잠들어 있었다. 나는 재키를 계속 깨워야 하나 고민하다가 그냥 더 자게 두기로 했다. 우리가 그렇게 큰 소리로 고함을 질렀지만 아무도 오지 않은 걸로 보아 괜찮다고 생각했기 때문이다. 그래서 나도 몸을 옆으로 돌리자마자 곧바로 잠이 들었다. 티라노사우루스가 살아 돌아와 으르렁거려도 깨지 않을 정도로.

다시 세상 속으로

나는 눈을 떴다. 눈앞에 보이는 것이 무엇인지 파악할 때까지 시간이 걸렸다. 아무 생각 없이 천장에 야광 별이 반짝거리고 벽에 〈스파이더맨〉 포스터가 붙어 있는 내 방을 기대했다가 숲이라는 걸 깨닫고 정신이 번쩍 들었다. 날이 벌써 환하게 밝았고 경찰관 네 명이 나를 내려다보고 있었다.

경찰관 한 명이 외쳤다.

"그 아이들입니다!"

다른 사람이 대답했다.

"맞아요. 확실합니다."

처음에 외쳤던 경찰관이 말했다.

"아이들을 발견했다고 보고하겠습니다."

다른 사람이 대꾸했다.

"그렇게 하세요."

경찰관 네 명이 우리가 있던 암석을 타고 내려갔다. 무전기의 삑삑거리는 소리에 귀가 아팠다. 나는 재키를 건너다봤다. 재키가 눈을 뜨더니 어리둥절한 표정으로 눈을 깜빡거렸다.

"왜 나 안 깨웠어?"

"너무 깊이 잠이 들었더라."

재키는 잔뜩 실망한 얼굴로 중얼거렸다.

"난생처음 보초를 서 보나 했는데 못 했잖아."

나는 재키를 위로했다.

"다음에 또 서바이벌 체험을 하면 되지."

"그럼 이제 우리 모험은 끝난 거야?"

나는 "응." 하고 대답하며 손가락으로 아래를 가리켰다. 재키가 눈으로 내 손가락을 쫓았다.

"우리를 찾아냈어."

재키가 실망스럽다는 듯 한숨 소리를 냈다.

"에이."

"분명 우리를 데려갈 거야."

재키가 대답했다.

"그렇겠지."

나는 불안감을 느끼며 속삭였다.

"정상이 아니야."

"절대로 정상이 아니지."

재키도 속삭임으로 대꾸하면서 나에게 눈을 찡긋했다.

경찰관 한 명이 무전기에 대고 소리쳤다.

"아이들을 찾았습니다!"

삑삑 소리와 지지직 소리가 들리고 나서 "수고하셨습니다. 어딥니까?" 하는 소리가 들렸다.

"숙소에서 6킬로미터 정도 떨어진 시냇가입니다. 약간 저체온 증이 의심되는 것 빼고는 양호한 건강 상태입니다."

"숙소로 데려와 주십시오. 부모님에게 연락하겠습니다."

경찰관이 무전기를 다시 벨트에 꽂았다. 그리고 위를 올려다보며 우리에게 일어나라고 외쳤다. 네 명 가운데 가장 상관인 것 같았다.

우리는 서둘러 몸을 일으켜 축축한 침낭에서 빠져나왔다. 암석 위에 누워 있었던 탓에 온몸이 뻐근했고 나뭇잎과 풀로는 막을 수 없었던 한기 때문에 오들오들 떨렸다.

"즉시 아래로 내려와라!"

경찰관의 딱딱한 명령에 우리가 마치 범죄를 저지른 것처럼 느껴졌다.

우리는 천천히 바위를 타고 내려왔다. 경찰관들이 우리를 샅샅이 훑어봤다. 야생동물 두 마리를 붙잡아 동물원에 데려다주기라도 하는 것 같은 눈길이었다. 나는 재키를 쳐다보고 속으로 웃고 말았다. 사방으로 뻗친 머리카락에 나뭇잎이 잔뜩 붙어 있었다. 아마 내 모습도 그렇게 엉망이었을 것이다.

경찰관이 물었다.

"이름은?"

나는 최대한 큰 소리로 또박또박 대답했다.

"제 이름은 빈스고요, 얘는 재키예요."

"이름이 정말 그렇다는 말이니?"

"아, 원래는 빈센트고요, 얘 이름은 자클린이에요."

"직접 말은 못 하는 거니?"

"아니요. 할 수 있어요."

경찰관은 재키가 말하기를 기다렸지만 재키는 입을 꾹 다물고 있었다. 경찰관이 엄한 표정으로 물었다.

"다시 한번 물어야겠니?"

재키가 대꾸했다.

"뭘요?"

"네 이름이 뭔지 말이다."

재키가 심드렁한 어조로 대답했다.

"아, 자클린이에요."

"좋아. 우리와 함께 가자. 너희 때문에 얼마나 난리가 났는지 알고는 있니?"

경찰관 중 한 명이 내 목덜미에 손을 댄 채 앞으로 밀었다. 나는 고개를 돌릴 수 없어서 재키를 쳐다볼 수 없었다. 경찰관의 손가락이 목덜미를 파고들었다.

우리는 그런 자세를 유지하며 천천히 앞으로 나아갔다. 숲에는 길이 나 있지 않고 바닥이 고르지 않아서 나뭇가지에 걸려 주춤거리기도 하고 움푹 팬 곳에 발이 푹 빠지기도 했다. 경찰관들이 투덜거렸다.

숙소까지 절반쯤 갔을 때 우리는 잠깐 쉬기로 했다. 경찰관 한 명이 우리에게 시리얼바를 한 개 건네주었다. 그리고 우리에게 물었다.

"아무도 없는 숲속에는 대체 왜 간 거니?"

재키가 대답했다.

"서바이벌 체험을 하려고요."

"아, 그래?"

다른 경찰관이 물었다.

"둘이 사귀는 사이지?"

다람쥐가 어처구니없다는 표정으로 고개를 절레절레 흔들었다. 어른들은 왜 둘이 같이 있는 걸 보면 바로 사귀는 사이라고 생각하는 걸까?

재키가 떫은 얼굴로 대꾸했다.

"전혀 아니거든요."

경찰관은 어깨를 으쓱했다.

"그럼 아닌가 보네."

우리는 다시 걷기 시작했다. 숙소가 가까워졌는지 나무들이 더 이상 빽빽하지 않았다. 그러다 갑자기 나무들 사이로 숙소 건물이 보였다. 경찰관들이 우리를 밀고 잔디밭을 지나갔다. 자세를 똑바로 한 채 꼿꼿한 걸음걸이로 놀이터를 걸어가려니 기분이 이상했다.

아직 이른 시각이었다. 모두 건물 안에 있었다. 경찰관들은 우리를 대뜸 건물 안으로 밀어 넣었다.

복도에서부터 벌써 아이들이 떠드는 소리가 들려왔다. 모두 아침 식탁을 차리느라 분주했다. 우리가 들어가자 갑자기 쥐 죽은 듯 조용해졌다. 다들 하고 있던 동작을 멈춘 채 우리가 마치 외계인이라도 되는 것처럼 멍하니 쳐다봤다. 몇몇 아이들은 서로 부둥켜안고 울음을 터뜨렸다. 어른들도 놀란 얼굴이었다.

나는 조심스럽게 주위를 둘러봤다. 꼭 3D 사진 안에 갇힌 느낌이었다. 그제야 비로소 사람들이 우리 때문에 얼마나 걱정을 했을지 실감이 났다. 우리한테 끔찍한 일이 생겼을까 봐 몹시 두려워했을 거라는 생각이 들었다. 물론 내 일지를 발견해서 읽어 보았으니 내 계획을 알고는 있었겠지만 그래도 나한테 무슨 일이 일어났을지도 모른다며 무척 걱정했을 것이다. 나는 다시 한번 주변을 둘러봤다. 여자애들은 한데 붙어 서 있고 남자애들은 바닥을 내려다보고 있었다. 딜란도 보였다. 딜란이 내 팔을 쳐다봤다. 분명 자기가 휘두른 칼 생각을 하고 있을 것이다. 딜란의 시선이 나와 마주쳤다. 나는 딜란의 눈을 똑바로 바라봤다.

망아지가 말했다.

"지금 눈을 돌리면 안 돼."

나는 눈을 돌리지 않았다.

다람쥐가 말했다.

"눈을 깜빡거리지도 마."

얼마나 오래 그러고 있었는지 모르겠다! 딜란의 회색 눈동자가 내 눈과 눈싸움을 했다.

지렁이가 속삭였다.

"정상이라는 건 없어."

나는 나지막하게 중얼거렸다.

"정상이라는 건 없어."

딜란이 눈을 떨구었다. 하지만 나는 그러지 않았다.

그때 타이히 선생님이 다가와 우리를 껴안았다. 눈물을 흘리는 것 같았다. 선생님은 얼른 손등으로 눈물을 닦더니 껴안았던 팔을 풀고 우리를 머리끝부터 발끝까지 찬찬히 살펴봤다.

"정말 얼마나 걱정을 했는지 모른다!"

"죄송해요."

재키가 말했다. 미안하게 여기는 기색이 역력했다.

"어쨌든 이렇게 무사히 돌아왔으니 됐다."

우리는 어떻게 대꾸를 해야 할지 몰라 그저 고개만 끄덕였다.

잠시 후 모든 일이 아주 빨리 진행되었다. 갑자기 도착한 엄마와 아빠가 서로 손을 잡은 채 식당으로 달려 들어왔다. 급하게 들어오다가 하마터면 식당 앞에 있는 깔개에 걸려서 넘어질 뻔했다. 부모님은 숨도 제대로 쉬기 어려울 정도로 나를 꽉 끌어안았다. 그리고 눈물을 흘렸다.

"도대체 어디 있었던 거니?"

엄마가 물었다.

"어디 있었던 거야? 대체 어디 있었니?"

엄마는 끝나지 않는 노래처럼 같은 질문을 계속 반복했다. 아빠는 그저 나를 꼭 끌어안은 채 아무 말도 하지 않았다. 면도도 하지 않은 아빠의 뺨 위로 눈물이 흘러내렸다. 내가 이제까지 한 번도 본 적이 없는 모습이었다.

부모님의 팔 사이로 재키의 부모님이 보였다. 역시 잘 다려진 단정한 옷을 입고 있었다. 그리고 재키를 다시는 품에서 놓지 않을 것처럼 꼭 껴안고 있었다.

친구

모든 것이 마치 꿈처럼 여겨졌다. 잠도 부족했고 추위에 시달린 바람에 머리가 멍해서 정신을 차릴 수 없었다.

선생님이 우리에게 샤워를 하고 오라고 보내 주었다. 따뜻한 물줄기를 맞는 동안 서서히 온몸에 온기가 돌았다. 나는 손발이 건포도처럼 쭈글쭈글하게 될 때까지 오래오래 샤워를 했다. 한참 동안이나 샤워를 하니 뼛속까지 스며들었던 냉기가 가시는 느낌이었다. 선생님이 데리러 오고 나서야 나와 재키는 샤워를 끝냈다. 사실 마음 같아서는 더 하고 싶었지만 어쩔 수 없이 샤워 꼭지를 잠그고 몸을 닦았다.

망아지가 갑자기 말을 걸었다.

"날고 싶어 한 지렁이에 관한 웃기는 이야기 아니?"

다른 동물 친구들이 고개를 저었다. 나는 건성으로 듣다가 문

257

득 망아지가 웃기는 이야기를 꺼낸 지가 한참이나 되었다는 사실을 깨달았다. 나는 미소를 지으며 마음속으로 망아지의 콧잔등을 쓰다듬었다.

엄마랑 재키 엄마가 우리에게 깨끗한 옷을 가져다주었다. 내가 옷을 입는 동안 엄마는 내 머리를 손가락으로 털어서 말려 주었다. 그러다가 내 팔에 난 상처를 보더니 팔을 당겨 자세히 살펴보고 이마를 찡그렸다.

엄마가 입술을 꼭 다문 채 고개를 절레절레 흔들며 물었다.

"대체 어쩌다가 이렇게 다쳤니?"

"그게…… 실수로 그랬어요."

물론 나는 딜란이 실수로 그런 것이 아니라고 확신했다. 나와 마주쳤을 때 딜란은 분명 자기가 나쁜 짓을 저질렀다는 걸 알고 있는 눈빛이었다.

엄마는 아직까지도 벌겋게 벌어져 있는 상처를 소독하고 깨끗한 붕대를 감아 주었다.

"어서 옷을 마저 입으렴. 너희가 왜 숙소를 떠나 숲속에 있었는지 설명을 해야 한다고 하더라."

나는 소스라치게 놀란 얼굴로 엄마를 쳐다봤다. 엄마가 나를 안심시키려는 듯 상냥하게 말을 계속했다.

"그냥 있었던 일은 다 얘기하면 돼. 그렇게 할 수 있잖아. 엄마랑 아빠가 네 옆에 앉아 있을 거야. 우리한테 다 말해 주렴."

나는 말없이 고개를 끄덕였다. 나한테는 엄마의 부탁이 가장

258

어려운 일이라는 걸 엄마는 짐작도 하지 못할 것이다. 부모님한테 그동안 내가 겪었던 일들을 털어놓는 것보다는 차라리 전혀 모르는 아무한테나 말하는 것이 더 쉬울 것이다.

엄마랑 재키의 엄마는 우리한테 겉옷까지 다 입고 나오라고 하고는 먼저 샤워실을 나갔다.

재키가 목쉰 소리로 나직하게 나를 불렀다. 나는 "왜?" 하고 물으며 재키를 봤다. 재키는 샤워를 해서 뺨이 발그스름하게 달아올라 있었고, 머리카락에서도 물이 뚝뚝 떨어지고 있었다.

재키가 힘을 주어 말했다.

"이제까지 있었던 일 하나도 빼지 말고 다 얘기해."

재키의 요구를 듣는 순간 온몸이 얼어붙는 것 같았다.

동물 친구들이 울부짖었다.

"안 돼!"

나는 입술을 깨물었다.

재키가 물었다.

"왜 그래?"

내 머릿속에 온갖 핑계가 떠올랐다. 아프니까 누워 있어야 한다고 할까. 납치되었는데 나를 납치한 사람이 의식을 잃게 만들어서 조금 전에 깨어났고 아무것도 기억나지 않는다고 할까. 여우 잡기 게임을 하다가 길을 잃었는데 구멍에 발이 끼어 빼지 못하고 있던 나를 재키가 발견했다고 할까.

나는 재키에게 솔직하게 고백했다.

"겁이 나."

재키가 단호하게 대꾸했다.

"알아. 그래도 어쩔 수 없어."

나는 재키가 무슨 말을 하는지 이해했다. 왜 숲속으로 도망쳐야만 했는지 얘기하는 것 외에는 다른 길이 없다는 사실을 인정했다. 핑계를 대거나 절반쯤 진실을 말하는 것만으로는 이 사태를 해결할 수 없었다. 어쩌다가 팔을 다치게 되었는지 설명해야 했다. 거짓말은 더 이상 통하지 않을 것이다. 나는 심호흡으로 마음을 가라앉히고 나서 재키에게 알았다고 대답했다.

"학교에 오는 것이 무섭다고 말해야 해. 아이들한테 맞아서 아프다는 말도 해야 돼. 팔에 난 상처도 보여 주고."

나는 내가 낼 수 있는 모든 용기를 끌어 모았다. 재키가 하이파이브를 하자며 한 손을 치켜들었다.

나는 "오케이." 하면서 재키의 손에 내 손을 탁 부딪쳤다.

재키가 말했다.

"약속한 거다. 다 털어놓지 않으면 앞으로도 계속 괴롭힘을 당할 거야."

나는 허리를 똑바로 펴고 셔츠 단추를 마저 잠궜다. 문득 엄마한테 멋진 밴드 이름이 새겨진 까만색 티셔츠를 사 달라고 빨리 말해야겠다는 생각이 들었다.

재키가 덧붙였다.

"네 옆에 있을게. 그리고 오늘 저녁에 장기 자랑 시간에 같이 나가는 것 알고 있지? 함께 공연하기로 한 거 절대 잊지 마."

나는 무거운 마음으로 알았다고 말했다.

갑자기 재키에게 확인하고 싶은 사실이 떠올랐다. 나는 진지한 표정으로 "자클린?" 하고 불렀다. 심각한 질문이니까 정식 이름으로 부른 것이다.

"우리는 친구 사이 맞지?"

재키가 놀란 듯 눈을 동그랗게 뜨고 나를 바라봤다. 그리고 나처럼 정색한 얼굴로 대답했다.

"친구도 아닌 아이를 찾겠다고 한밤중에 깜깜한 숲속을 헤맸을 리가 있니?"

나는 고개를 흔들면서 미소를 지었다. 당연히 그럴 리가 없었다. 나는 다시 한번 허리를 꼿꼿하게 펴고 재키의 손을 잡은 채 천천히 걸음을 옮겼다.

우리는 어두운 복도를 통과해 남학생 공동 침실을 지나 식당으로 사용되는 커다란 홀로 들어갔다. 우리를 기다리는 사람들이 모두 모여 있었다. 우리 반 아이들, 딜란과 슈테판, 내 부모님과 재키의 부모님, 그리고 우리 학교 교장 선생님과 타이히 선생님. 경찰관 두 명도 앞에 노트북을 펼친 채 앉아 있었다. 모든 걸 기록으로 남길 생각인 듯했다. 책상 위에는 내 배낭과 서바이벌 키트, 그리고 일지가 마치 살인 사건의 증거물처럼 놓여 있었다.

나는 딜란을 쳐다봤다. 그리고 내가 모든 것을 털어놓을 작정이라는 걸 딜란이 알아챘다는 사실을 깨달았다. 딜란도 나만큼이

나 불안해 보였다. 아주 잠깐 샤를로테 누나 생각이 났다. 내일 집에 돌아가면 누나한테 해 줄 얘기가 정말 많을 것이다. 나는 우리 반 아이들을 하나하나 눈에 담았다. 서서히 마음이 진정되는 것이 느껴졌다.

지금 여기서 내가 모든 걸 밝히는 것은 우리 반 아이들을 위해서이기도 했다. 혹시 나처럼 학교에 오는 것을 무서워하는 아이가 있다면 더 이상 그럴 필요가 없다는 걸 분명하게 알려 주기 위해서였다. 정상이라는 것이 원래 있는 것이 아니라 사람들이 만들어 낸 것이라는 사실을 아이들에게 알려 주기 위해서였다. 내 동물 친구들이 숨을 죽였다. 나는 고개를 돌려 옆에 앉은 재키를 봤다. 재키가 시작하라는 신호로 고개를 끄덕였다.

일단 말을 시작하자 나는 더 이상 두렵지 않았다. 나는 해야 할 말을 남김없이 했고 식당에 있는 모든 사람이 귀 기울여 그 말을 들었다. 지금 여기서 내가 하는 행동은 마땅히 해야 하는 일이었고, 나는 두렵지 않았다. 앞으로 어떻게 될지 걱정하지도 않았다. 나는 비정상이 아니다. 모든 사람이 서로 다르듯 그저 남들과 다를 뿐이다. 나한테는 재키라는 멋진 친구가 있다.

사람들은 내가 하는 말을 주의 깊게 들었다. 반 아이들도 꼼짝 않고 앉아서 조용히 내 말을 들었다.

나는 그동안 일어났던 일들을 전부 말했다. 학교에서 겪었던 일과 공원에서 당했던 일, 그리고 이곳 숙소에서 한밤중에 도망쳐야만 했던 일까지. 아무도 내가 말하는 도중에 끼어들지 않았다. 칼에 찔린 얘기를 하자 타이히 선생님이 두 손으로 얼굴을 가렸다. 이미 재키에게 한 번 했던 얘기라 그런지 처음 말했을 때보다 쉬웠다. 나는 떨리지 않는 목소리로 침착하게 또박또박 얘기했다.

딜란은 아무 말도 하지 않았다. 자기 얘기를 할 때조차 한마디도 못 하고 앉아만 있었다. 부모님은 내 얘기를 듣고 얼마나 마음이 아픈지 얼굴에 다 드러나 있었지만 그래도 말없이 계속 듣고만 있었다. 경찰관들은 내가 하는 말을 하나도 빼지 않고 노트북에 받아 적었다.

오늘 저녁 나는 재키와 함께 노래를 부를 거다. 노래 가사가 정말 마음에 들었다.

I don't ever wanna feel like I did that day. Take me to the place I love, take me all the way.

그날 같은 기분은 다시는 느끼고 싶지 않아. 내가 사랑하는 장소로 날 데려가줘. 다른 어떤 곳보다 그곳에 있고 싶어.

책담 청소년 문학

학교 서바이벌 키트

초판 1쇄 펴낸날 2021년 6월 15일
초판 4쇄 펴낸날 2023년 9월 4일

글   엔네 코엔스
그림   마르티예 쿠이퍼
옮긴이   고영아
편집   한해숙, 신경아
디자인   최성수, 이이환
마케팅   박영준, 한지훈
홍보   정보영, 박소현
영업관리   김효순

펴낸이   조은희
펴낸곳   주식회사 한솔수북
출판등록   제2013-000276호
주소   03996 서울시 마포구 월드컵로 96 영훈빌딩 5층
전화   편집 02-2001-5820 영업 02-2001-5828
팩스   02-2060-0108
전자우편   isoobook@eduhansol.co.kr
블로그   blog.naver.com/hsoobook
페이스북   chaekdam
인스타그램   chaekdam

ISBN 979-11-7028-783-4 43850

큐알 코드를 찍어서
독자 참여 신청을 하시면
선물을 보내 드립니다.

 책담 다른 내일을 만드는 상상